夕日の見える丘にて

アルヴィス・ルベリア・
ベルフィアス
従弟の尻拭いで王太子に
アンナ・フィール
アルヴィスの専属侍女
ラナリス・フォン・
ベルフィアス
ベルフィアス公爵家令嬢

シオディラン・フォン・ランセル
ランセル侯爵家嫡男
ハーバラ・フォン・ランセル
ランセル侯爵家令嬢
エリナ・フォン・リトアード
アルヴィスを想う公爵令嬢

視線を感じながらも、
アルヴィスはただ
エリナだけを見つめる。
エリナも聞こえてくる声を
気にした様子はなく、
ただアルヴィスを見て
微笑んでいた。
「もう一曲行こうか？」
「はい！」

ルベリア王国物語 3
～従弟の尻拭いをさせられる羽目になった～
紫音【Shion】
イラスト：凪かすみ【Kasumi Nagi】

ルベリア王国物語
～従弟の尻拭いをさせられる羽目になった～
登場人物紹介

アルヴィス・ルベリア・ベルフィアス
従弟の尻拭いで王太子に。

エリナ・フォン・リトアード
婚約破棄された公爵令嬢。

ルベリア王家

ギルベルト・ルベリア・ヴァリガン
ルベリア王国国王。

シルヴィ・ルベリア・フォーレス
ルベリア王国王妃。

キュリアンヌ・ルベリア・ザクセン
ルベリア王国側妃。

ジラルド・ルベリア・ヴァリガン
王太子だったが、廃嫡。

リティーヌ・ルベリア・ヴァリガン
ルベリア王国第一王女。

キアラ・ルベリア・ヴァリガン
ルベリア王国第二王女。

ベルフィアス公爵家

ラクウェル・ルベリア・ベルフィアス
ベルフィアス公爵。アルヴィスの父。

オクヴィアス・フォン・ベルフィアス
ベルフィアス公爵夫人。
アルヴィスの実母。

ミント・フォン・ベルフィアス
ベルフィアス公爵家嫡男マグリアの妻。

マグリア・フォン・ベルフィアス
ベルフィアス公爵家嫡男。
アルヴィスの異母兄。

ラナリス・フォン・ベルフィアス
ベルフィアス公爵家令嬢。
アルヴィスの実妹。

リトアード公爵家

ナイレン・フォン・リトアード
リトアード公爵。エリナの父。

ユリーナ・フォン・リトアード
リトアード公爵夫人。

ライアット・フォン・リトアード
リトアード公爵家嫡男。

ルーウェ・フォン・リトアード
リトアード公爵家次男。

ルベリア王国関係者

リードル・フォン・ザクセン
ルベリア王国宰相。

レックス・フォン・シーリング
ルベリア王国近衛隊所属。
王太子専属。

サラ・フォン・タナー
エリナの専属侍女。

エドワルド・ハスワーク
アルヴィスの専属侍従。

イースラ・ハスワーク
アルヴィスの専属侍女。

ルーシー・スーダン
アルヴィスの専属侍女。

ティレア・フォン・グランセ
アルヴィス付きの筆頭侍女。

セイラン・ボワール
王族専属執事。

ルーク・アンブラ
ルベリア王国近衛隊隊長。

ハーヴィ・フォン・フォークアイ
ルベリア王国近衛隊副隊長。

ディン・フォン・レオイアドゥール
ルベリア王国近衛隊所属。
王太子専属。

マキシム・フォン・ヘクター
ルベリア王国騎士団団長。

アンナ・フィール
アルヴィスの専属侍女。

ナリス・ベルフェンド
アルヴィスの専属侍女。

シオディラン・フォン・ランセル
ランセル侯爵家嫡男。
アルヴィスの友人。

ハーバラ・フォン・ランセル
ランセル侯爵家令嬢。
エリナの友人。

リヒト・アルスター
王立研究所職員。アルヴィスの友人。

リリアン・フォン・チェリア
元男爵令嬢。

王立学園関係者

ロベルト・フォン・フォークアイ
王立学園学園長。
ハーヴィの叔父。

ヴォーゲン・ライナー
王立学園教師。アルヴィスの恩師。

アネット・フォン・ビーンズ
王立学園教師。アルヴィスの同級生。

ザーナ帝国

グレイズ・リィン・ザイフォード
ザーナ帝国皇太子。

テルミナ・フォン・ミンフォッグ
ミンフォッグ子爵家令嬢。

CONTENTS

プロローグ

空の闇色が深くなる時刻のマラーナ王国。その宰相執務室には、一人の男性が紙の書類と見つめあっていた。それはルベリア王国からの書簡。先の建国祭の折に自国の王族がしでかした後始末についてのものだ。男性は一通り読み終えると口元に笑みを浮かべた。

「この場合はよくやったと褒めるべきかな、カリアンヌ王女」

「閣下、ここでは少々不穏な発言かと」

男性の言葉に反応したのは、カーテンの陰にいた男性。その姿は陰に隠れて見ることが出来ない。しかし男性にとっては気にすることでもないのか、そちらを確認することすらしなかった。

「構わん。何を言おうとも、私に意見できる者など最早(もはや)この国にはいないのだから」

「左様でございますか」

「だが……ルベリア王国か。籠絡されてしまうのならば事は容易だと考えていたが、そう簡単にはいかないものか」

「ルベリアまで手を伸ばすおつもりですか?」

陰にいる男性は焦ったかのような声を上げる。それに対して、閣下と呼ばれた男性は淡々と答えた。

「王侯貴族が存在する限り、報われぬ者たちは増える一方だ。ならば、それを駆逐することが私の役目。ひいてはマラーナのためとなる」

ガタンと音を立てて立ち上がった男性は、窓際へと近づく。外に見える景色は闇色。今は夜更け。それを除いても、この国には光が少ない。その原因はわかりきっている。重い国税のせいだ。

日頃からパーティー三昧をしている王太子、そして己の欲に忠実な王女王子。そこは群がる高位貴族たち。彼らすべてを一掃しなければ、マラーナに住む多くの人々の苦難は終わらない。

「元王太子の評価からルベリアも似たようなものだと考えていたが、どうやらそれは違うようだ」

マラーナと同じく愚かな王族であれば、己の力を以て駆逐するべき。そう思い、駒を使ったものの不発に終わった。御しやすい愚か者ではないということがわかっただけでも、十分だ。

「例のアルヴィス王太子ですか？」

「あぁ。尤も、こちらの王女以上に婚約者であるという公爵令嬢が魅惑的なのかもしれんが」

カリアンヌはマラーナでは美しいと称される王女。その王女が例の薬を使ってまでルベリア王太子を懐柔しようとした。いつの時代も男という生き物は女性に弱いもの。時代の中には、女性が原因で反乱が起きた事例もあるくらいだ。だが、ルベリアの王太子はそれを退けた。カリアンヌが退けられること自体は予想していなかったが、第一王女を排する理由を与えてくれたことには感謝すべきだろう。

現在マラーナの第一王女カリアンヌは、監視という名目でルベリア王国に軟禁されている。他国の王族である以上、裁くことは出来ないのだから仕方のない処分と言える。

「引き取りに行く際にでもそのご尊顔を仰がせていただこうか」

「閣下自ら出向かれるのですか？」

「王女を引き取りにいくのだ。それなりの者が行かねばならぬのは道理。ちょうどいい機会でもある。ゆっくりと見定めさせてもらうとしよう」

「……御意に、シーノルド・セリアン宰相閣下」

母として

　ルベリア王国の王城。その奥にあり、後宮の入り口近くにある応接室に二人の女性が向かい合って座っていた。一人は、後宮の主であるシルヴィ・ルベリア・フォーレス王妃。そしてもう一人は、ユリーナ・フォン・リトアード公爵夫人、だった。

「ユリーナ、今日は来てくれてありがとう。これで準備も進められるわ」

「いえ、私の方こそ呼んでいただいて感謝しております」

　テーブルの上にあるのは、二枚のデザイン画。これは近く行われるルベリア王国の王太子の結婚式の衣装だ。一つは王太子であるアルヴィスのもの。そしてもう一つが花嫁たるエリナのものだ。

　シルヴィがユリーナを呼んだのは、衣装の最終決定をするためだった。既にアルヴィスの衣装は決まっていたのだが、エリナの衣装がまだ決定していない。アルヴィスに決めてもらおうと考えてはいたが、候補を二つに絞るところで力尽きたと助けを求められたのだ。

　そこで、シルヴィはエリナの母であるユリーナを呼んだのだった。エリナ自身に決めてもらえばいいと、アルヴィスは言っていたがそれでは当日の楽しみが減るというもの。そう伝えて、アルヴィスにも納得してもらった。

「シーア、アルヴィスへ衣装が決まったと伝えてきてもらえるかしら？」

「畏(かしこ)まりました」

「忙しいのならば日を改めますから、ハスワーク殿にも確認を忘れずにお願いするわね」

今日、ユリーナと共にエリナの衣装を決めることは事前に伝えてある。その後、可能であればアルヴィスにも見てもらいたいとも。だが、アルヴィスとて忙しい身だ。急用が入ることもあるだろう。その上、最近では王都外の公務にも出ていると聞いている。先日も王都外へ出向いており、昨日戻ってきたばかりだった。

朝食には顔を合わせたものの、アルヴィスは疲れていてもそれを口に出すような人ではない。しかし、侍従であるエドワルドならばその辺りも考慮してくれるはずだ。エドワルドとはシルヴィも数回しか話をしたことはないものの、ベルフィアス公爵からそう聞いていた。

「承知しました。では、お伺いを立ててまいります。レナ、ここをお願いします」

「はい、お任せください」

「シルヴィ様、ユリーナ様。御前を失礼いたします」

深々と頭を下げるシーアを見送る。姿が見えなくなったところで、ユリーナが困惑した表情でシルヴィを見つめていたことに気づく。

「ユリーナ?」

「王妃様、王太子殿下をここへ呼ばれるのですか?」

言われて気づいたが、ユリーナへはエリナの衣装の相談があると告げていたものの、アルヴィスを呼ぶことまでは伝えていなかった。困惑して当然だ。

「ごめんなさい、ユリーナには言っていなかったわね。任せるとは言われているけれど、やっぱりアルヴィスにも確認してもらおうと思っていたのよ」

実を言えば王太子の結婚式は、王妃が全てを取り仕切ってもいい案件である。実際、シルヴィが輿入れする時に国王は口を出していない。だが、王太子であるアルヴィスはシルヴィの息子ではなく、甥だ。母親であるオクヴィアスは王家に任せると言ってくれてはいるものの、やはりシルヴィが全てを取り仕切るのは申し訳なさが先立ってしまう。ゆえに、当事者であるアルヴィスへ介入を望んだのだ。

「そうでしたか。いえ、その方がよろしいかもしれませんね。きっとエリナもその方が喜ぶでしょう」

「ユリーナ……」

寂しげに話すユリーナに、王妃はなんと声をかければいいのかわからなかった。ユリーナのここ一年の様子はリトアード公爵から聞かされている。エリナが婚約破棄された時、ユリーナはエリナを激しく責めたという。リトアード公爵の息子であるライアットやルーウェらがエリナを庇ったことで、ユリーナは混乱しエリナに冷たく接するようになってしまったらしい。

婚約破棄されてから、エリナが学業優先として王城へ来る機会が減ったのは、リトアード公爵家へ立ち寄る機会を減らす意味もあったのかもしれない。つまりはユリーナと会う機会を減らしていたのだろう。

「王妃様、私は――」

コンコン。

「失礼いたします。王太子殿下がお出でくださいました」

ユリーナが何か告げようとした時、扉を叩く音と共にシーアの声が届いた。ユリーナの顔を見れば、頷く様子が見える。アルヴィスが来たのだ。あまり待たせるわけにもいかない。

「レナ」

「承知いたしました」

指示を受けたレナが扉を開くと、姿を現したアルヴィスが頭を下げる。シルヴィは立ち上がるとアルヴィスの元へと足を進めた。

「お呼び立てしてごめんなさい、アルヴィス」

「いえ。こちらこそお任せしてしまって申し訳ないと思っていたので」

本当に申し訳なさそうに眉を下げているアルヴィスに、シルヴィはクスクスと笑う。女性の服自体を選ぶことに慣れていないアルヴィスからすれば、面倒事を押し付けたようにも見えるのだろうが、女性にとって服を選ぶことは楽しみでもある。それが今回のような衣装ならば尚のことだ。

「気にすることはないわ。私たちも楽しませてもらったもの」

シルヴィの言葉にアルヴィスはホッとしたかのように、表情を和らげた。この表情を見るのが、シルヴィはとても嬉(うれ)しかった。

　突然王太子という地位に置かれてしまった彼が、このような表情を見せてくれるようになったのは建国祭が終わった後からだ。国王曰(いわ)く、アルヴィスの中で消化不良だったものがようやく根付いたのだろうと。シルヴィには何を指しているのかがわからなかったが、それ以上のことは国王も教えてはくれなかった。建国祭での出来事がきっかけのようだがシルヴィは詳細を知らない。だが何にせよ、こうしたアルヴィスの変化は喜ばしいことだ。

「それより時間は大丈夫なのかしら？　無理をしているのではない？」

「今日は急を要するようなものは終わらせてありますから問題ありません」

　アルヴィスの後ろにいたシーアへも視線を向けると、縦に首を振るのが見えた。どうやら本当のようだ。

「……確認するほど信用ありませんか？」

　シルヴィの視線の先に気が付いたアルヴィスが、少しだけ不満そうに溜息(ためいき)をついた。それを見て、シーアとシルヴィは声を上げて笑う。

「伯母上……」

「うふふ、ごめんなさい。忙しくても貴方(あなた)はいつも大丈夫と言うものだから」

　否定することが出来ないアルヴィスは、バツが悪そうに頬を掻(か)いている。だが、いつまでもここで話しているわけにもいかない。シルヴィはユリーナの元へとアルヴィスを案内した。ユリーナも立ち上がってアルヴィスが来るのを待っている。

「お久しぶり、になるでしょうか。リトアード公爵夫人」

「そうですね……随分とご無沙汰をしておりました、アルヴィス王太子殿下」

深々と腰を折り挨拶をするユリーナに、アルヴィスも胸に手を当てて挨拶を返す。

「ユリーナとアルヴィスは面識があるのね」

「私も学園を卒業するまでは何度か社交界にも顔を出していましたので、その時にご挨拶をして以来ではありますが」

アルヴィスも学園を卒業するまではパーティーに参加をしていた。そこで何度か顔を合わせたのだという。そもそもアルヴィス自身、それほど社交界に積極的に参加するような性格ではないので、最低限のものしか参加していなかったようだ。それでもリトアード公爵家はルベリア王国でも筆頭の公爵家。その最低限のパーティーにユリーナがいるのは当然といえる。

「確かにこうしてご挨拶するのは久方振りではございますが、騎士としてのお姿は遠くから拝見しておりました」

近衛(このえ)騎士として働くアルヴィスの姿は、シルヴィも何度も目にした。しかし、パーティー中に騎士への声掛けをしてはいけないため、話すのはユリーナにとって久方振りだった。騎士の仕事の妨げになる行為をパーティーの参加者がすることのないように、騎士が己の仕事に専念できるようにとの配慮である。

「王太子殿下、エリナのこと。いつかお礼をお伝えしたいと思っておりました。本当にありがとうございます」

「お礼、ですか？」

首を傾げるアルヴィスに、ユリーナは頷く。

「はい。ここ最近……いえ、かのお方ではなく王太子殿下と婚約が決定してからでしょうか。娘の雰囲気が変わりました」

「エリナのですか？」

腑に落ちない様子のアルヴィスだが、それもそのはずだ。アルヴィスからしてみれば、ジラルドと婚約していた頃のエリナを知らないのだから。姿を見かけるくらいが精々だったことだろう。

困った顔のアルヴィスにシルヴィは笑った。

「クスクス。アルヴィスはあの子と婚約していた頃のエリナのことはよく知らないものね」

「それはまぁ、近衛にいた時は噂を聞く程度でしたので」

近衛隊は王族の護衛や王城の警護が主な任務。王太子の婚約者であるエリナのことを聞くこともあるだろう。

「ですがもし彼女が変わったというのならば、私などではなく彼女自身が変わろうと努力した結果だと思います」

「え……」

「ですから、私に礼など不要です。その言葉は彼女自身にこそ向けられるべきでしょう」

アルヴィスは己の影響ではなく、あくまでエリナ自身のものだと言う。しかし、間違いなくアルヴィスの存在はエリナに大きな影響を与えている。アルヴィスとてそのことを否定することは出来ないはずだ。それでも今は矢面に立つ必要はないと考えているのだろうか。

「それは……いえ、王太子殿下が仰るのならばそうなのかもしれません。ありがとうございます、王太子殿下」

キアラの相談事

「お帰りなさいませ、アルヴィス様」

「あぁ」

アルヴィスが執務室へ戻ると、エドワルドが出迎えてくれた。そのままアルヴィスはソファーへと腰を下ろす。

「何かお飲みになられますか?」

「そうだな、頼む」

「承知いたしました」

エドワルドは一旦部屋を出て行く。執務室近くで控えている専属侍女のジュアンナへ声を掛けに行ったのだろう。すぐに戻ってくるだろうが、一人になったところでアルヴィスはユリーナのことを思い返す。

ユリーナ・フォン・リトアード公爵夫人。どことなく顔立ちはエリナに似ているものの、雰囲気はあまり似ていない。アルヴィスの記憶では見上げていたユリーナを、今日はアルヴィスが見下ろしていた。それだけ時が経ったということだ。

気になるのは、ユリーナとの会話。リトアード公爵家の家族事情をアルヴィスはよく知らない。

とはいえ、今日の話の中でユリーナとエリナの間には、何かしらの障害があったということはわかった。

「リトアード公爵夫人……その実家は、フォルボード侯爵家だったか」

フォルボード侯爵家。高位貴族の中でも貴族としての誇りが高いことで有名な家だ。先代当主にはアルヴィスも幼少期に会ったことがある。マグリアが庶子であることを、わざわざアルヴィスに伝えてくれたのが彼だった。既に故人ではあるが、幼い頃の苦い記憶というのは根深いもので、フォルボード侯爵家にはよい印象を持っていない。

アルヴィスは目の前に己の両手を持ってくるとそれを見下ろした。この身に流れる血筋に誇りを持っていないわけではない。だが、それを重く感じたことはある。

ベルフィアス公爵家は王族に連なる分家ともいえる家だ。しかし後継者とされている兄マグリアは庶子だった。マグリアの母のことをアルヴィスは知らないが、侯爵家以上の令嬢でないだろうと思っている。正妻であるアルヴィスの母、オクヴィアスの実家が伯爵家なのだから。

そのオクヴィアスの実家である伯爵家は、遡れば王族にも連なる血筋だという。王弟であるラクウェルと、そんなオクヴィアスの血を引いているのがアルヴィスだ。血筋のみに重きを置く連中にとって、標的となるのも理解できる。フォルボード侯爵家は、その筆頭だ。そこから推察するに、ユリーナも同じような思考を持っていたのだろうか。

「……今更俺が考えることではないか」

手を下ろし、アルヴィスはソファーへと背中を預けた。既にあの事件から一年となる。
今回、エリナの花嫁衣装の選定に力を貸してくれたということは、既にエリナとユリーナの間で何かしらの話し合いが行われていることだろう。男であるアルヴィスが口を出すのは領分違いというものだ。

「どうかなさいましたか？」

コトリとカップをテーブルの上に置いたジュアンナが、気づかわし気にアルヴィスを見ていた。少しの間とはいえ、ボーッとしていたことで心配をさせてしまったようだ。

「悪い、何でもないんだ」

「そうですか。紅茶と、少しですが差し入れをいただきましたので、お持ちいたしました」

そう話すジュアンナの手には、歪(いびつ)な形のお菓子がのせられた皿があった。見覚えのあるお菓子に、アルヴィスは笑みを零(こぼ)す。まだまだ不格好ではあるが、当初見た時よりも大分形になってきていた。それは当人の努力の結果だろう。

そう、これはキアラが作ったものだ。

「キアラが来たのか？」

「はい。先ほど、殿下が後宮へと出向かれていた時に王女殿下がお越しくださいまして」

ちょうど留守の時に、キアラが執務室まで来ていたという。同じ王城内とはいえ、キアラがアルヴィスの執務室を訪れるのは珍しいことだ。普段、あまり後宮から出てこないキアラが来たということは、何か重要な要件でもあったのだろうか。

「リティーヌ王女殿下のお誕生日について、相談をなさりたかったようです」

「リティの？」

キアラの姉でありアルヴィスの従妹でもあるリティーヌ第一王女。あと一週間後にはリティーヌの誕生日だ。例年、誕生日パーティーは王城で開かれており、今年もパーティーは開催される。既に準備は終わっており、あとは当日を迎えるだけだ。その誕生日の相談というのは少しばかり遅い気もするが。

「キアラは他に何か言っていたか？」

「いえ、王女殿下は何も」

その言葉にアルヴィスは考えこむ。キアラは賢い子だ。恐らくは、不在だったことでアルヴィスが忙しいと思い、身を引いたのだろう。今日は差し迫った案件については既に終わらせてある。元々、シルヴィに時間を取ってもらいたいと言われていたので、予定は余裕をもって組んでいた。

「後宮へ、先触れを頼めるか？」

「王女殿下の下へ向かわれるのですか？」

「リティの件だというのなら、時間がない。今日ならばまだ時間を取っても、遅れは生じないからな」

「ですが、アルヴィス様はまだ――」

「キアラの話を聞くだけだ。休憩のようなものだろ？」

外で貴族たちを相手にすることに比べれば、従妹と話をすることは息抜きにもなる。アルヴィスがそう言えば、ジュアンナも否とは言えない。困ったような顔をしながらも、ジュアンナは頭を下げた。

「承知いたしました」

ジュアンナが執務室を出て行くと、入れ替わりにエドワルドが戻ってきた。出て行くジュアンナは去り際にエドワルドへ何事かをつぶやいた。恐らくは、アルヴィスの指示を受けたことを報告したのだろう。

「また後宮へ行かれるのですか？」

「変な言い方をするな。キアラに会うだけだ」

間違ってはいないが、後宮へ何度も通っているような言いぐさは変な誤解を招くことにもなる。アルヴィスは国王の実子ではなく、後宮に住んでいる者は身内ではあっても家族ではないのだから。

「王女殿下のご用件ならば仕方ありませんが……まだ帰還されてからアルヴィス様はゆっくり休まれておりません。王女殿下にお優しいのはアルヴィス様らしいのですが、後に疲労で倒れるようなことがあれば逆に心配をかけてしまいますよ」

「大袈裟（おおげさ）なんだよ、エドは」

まるでアルヴィスが疲労で倒れたことがあるように話すエドワルドに、呆（あき）れることしかできなかった。これを本心で言っているのだから始末に悪い。

「それより、随分と戻ってくるのが遅かったな」

ジュアンナを呼びに行ったという割に、一緒には戻ってこなかった。それを指摘すると、エドワルドがアルヴィスの前に膝をつく。

「エド？」

「宰相閣下から呼び止められました。例の、マラーナの件で」

マラーナ王国。その名にアルヴィスは眉を寄せる。未だ監視という名目で軟禁している王女の件だろう。

建国祭でカリアンヌ王女が引き起こした事件。香を使いアルヴィスを懐柔しようとしたが、それは失敗に終わった。マラーナから建国祭後に届けられた書簡には、王女の独断であるというのがマラーナ王国の正式な回答として記されていた。

当時、カリアンヌ王女からは宰相の名が出たが、宰相が関わったという事実はないと。やはりというか、マラーナ王国はカリアンヌ王女を切り捨てたようだ。

「二時間後、執務室へ直接お話をということでした」

「二時間後か……わかった」

それまでには戻ってこなければならないということ。昨日、帰還したばかりということでスケジュールには余裕を持たせていたはずだが、結局はこうしてやることが増えていく。だが、今はそれを苦には感じない。

「あまり長居は出来ないな。エドは、ここで待っていてくれるか？」

「わかりました。宰相閣下が早めに来られるようなことがあれば、対応いたします」

「頼む」

「お任せください」

ちょうどその時、先触れを頼んだジュアンナが帰ってきた。今からでも問題ないという回答を得たという。多少なりともジュアンナの髪型に乱れが見えるのは、急いで対応したためか。その様子にアルヴィスは苦笑する。

「助かった。それほど時間を掛けずに戻ってくるから、それまでここを頼む」

「はい」

「行ってらっしゃいませ」

エドワルドとジュアンナに見送られながら、アルヴィスは再び後宮へと向かうのだった。


後宮の入り口まで行くと、そこにはキアラの姿が見える。どうやら、迎えに出てくれたらしい。その様子を見るなり、同行していたアルヴィスの専属護衛であるレックスが笑う。

「第二王女殿下は、本当にアルヴィスが好きだよな」

「まぁ、一番近くで兄らしいことをしていたのが俺だからな」

「近衛(このえ)時代もお前の姿を見つけたら、我先にと駆け寄ってきていたのを思い出したよ」

王城内での勤務時、後宮近くを歩くことはままあった。その都度、アルヴィスの姿を見かければキアラは後宮から飛び出して、追いかけてきていたのだ。共に来ていた同僚を先に行かせて、キアラの相手をすることも少なくなかった。

「あ、お兄様！」

アルヴィスの姿を捉えたキアラは、パッと花が開いたように笑顔を作った。そしてそのまま足早に駆け寄ってくる。腰へと抱き着いてきたキアラに、アルヴィスはポンポンと手を乗せると次にその頭を撫(な)でた。

「悪いな、折角来てくれていたのに留守にしていて。それと、お菓子受け取ったよ。ありがとう」

「良かった！　私の方こそ、お忙しいのにごめんなさい。でもどうしてもお兄様に相談をしたくて。お兄様なら、お姉様のことをよく知っているから」

「そうか」

姉妹という関係上、キアラの方がリティーヌとはよく接しているだろう。だが、それ以外でというと側妃である母かアルヴィスということになる。

「キュリアンヌ様には聞かないのか？」

「お母様は……今はお姉様とご一緒なの」

キュリアンヌ・ルベリア・ザクセン側妃はキアラとリティーヌの母。アルヴィスは挨拶を交わす程度しか交流がない。知っている情報は、すべてリティーヌからのものだ。快活なリティーヌにとっては、後宮へと押し込めるキュリアンヌが少々疎ましく感じてもいるようだが。

「お兄様、どうかしたの？」

「あ、いや何でもない」

リティーヌとキュリアンヌが一緒にいると聞いて、ついその理由について考え込んでしまった。決して仲がいいというわけではない二人が、リティーヌの誕生日を前にどのような話をするのか。気にならないと言えば嘘になる。リティーヌがアルヴィスを大切に思うように、アルヴィスにとってもリティーヌは何物にも代えられない存在なのだから。

「キアラ様、王太子殿下も。ここではなんですから、どうぞこちらにお越しください」

「あぁ」

「お兄様、行きましょう！」

手を引っ張るキアラに促されるままアルヴィスは足を動かす。ちらりとレックスたちを見れば、ここで待っているとばかりに手を振っていた。


案内されたのは、いつもリティーヌと会う時に使っている温室だった。

「キアラ、ここでいいのか？」

「うん。お兄様とお話をする時は、ここを使っていいってお姉様が」

所有者であるリティーヌが許可をしているのならば構わないが、ここで話をすればリティーヌが来てしまう可能性もある。付き添いの侍女へ視線を向ければ、侍女は微笑み首を縦に振った。要するにリティーヌには既にバレているということだ。

「そうか。それで、キアラの相談というのは？」

この後の予定が決まってしまった以上、のんびりと過ごしていることは出来ない。早速本題に入ろうとすると、キアラが傍にいたもう一人の侍女を呼ぶ。彼女は、キアラの手の上に小さな箱をのせた。

「それは？」

「お兄様のお誕生日の時、お菓子を作ったでしょ？」

「あぁ」

形は歪で少し焼け焦げてはいたが、キアラからの心のこもった贈り物だ。忘れるはずがない。

「それでお姉様にもね、キアラが作った物を渡したくて」

恥ずかし気に箱を開けば、そこにあったのは葉っぱだった。いや、アルヴィスにはそうとしか見えなかったといった方が正しい。

「すまない。キアラ、それは葉っぱだよな？」

「……むぅ」

口を尖らせる様子から不正解だったらしい。よく見れば、緑色以外の色も見える。すると、それは花なのだろうか。だが、何を作りたかったのかが全く理解できない。アルヴィスは降参とばかりに両手を上に上げた。

「ごめん、わからない」

「……押し花なの」

「………花？」

言われてもう一度それを見るが、花というにはその影も形もないように見える。一体何をしたらそうなるのか。

「これ、お姉様のお花なの」

「リティの？　あの花を使ったのか」

「うん。他のお花だとうまくいったの。でも、どうしてもお姉様のお花だけうまくいかなくて」

それで何とかできないかとアルヴィスを頼ってきたらしい。リティーヌの名がつけられた花は、育てることが難しい。だが、それが押し花にまで影響するとは思いもしなかった。数が少ないこともあるので、試した者もいないだろう。

「このお花でやりたいの」

キアラが差し出したのは、黄色い一輪の花。アルヴィスはそれを受け取ると、そっと花びらに触れる。少しだけマナを流し、花の情報を読み取る。どうやらこの花は扱いにも気を遣わなければならないらしい。完全に水分を抜いてしまえば、淡い黄色が失われる。多少なりとも水分を含んだ状態でなければ、色は保持されないということだ。

「このままでは使えないだろうな。花自体が弱い。乾かすことも難しいだろう」

「うん、乾かしていると花が落ちてしまうの。それに色も変わってしまって」

「押し花には向いていない花だな」

アルヴィスが告げると、キアラは肩を落とす。リティーヌの花で作りたかった。ポツリと呟(つぶや)くキアラに、アルヴィスは微笑みを返した。

「問題ない。弱いなら強くすればいい。多少の裏技にはなるが……構わないだろう」

「お兄様？」

アルヴィスはリティーヌの花にマナを注ぐ、花びらを傷つけないようにと細心の注意を払いながら。押し花を作ったことはないが、乾燥させればいいということだけはわかる。そして押し花という名称から、花の形を保(も)たせるようにして押し固めるのだろう。

「うわぁ、光ってる。お兄様すごい！」

「……こんなところか」

花の強度を上げて、色を保てる限界ギリギリまでの水分を抜いた。その花をキアラへと渡すと、早速花びらに触れる。

「あ、押しても破れない。それに落ちない！」

「それなら出来るか？」

「うん！　ありがとう、お兄様!!」

キャッキャと嬉しそうに花を上に掲げるキアラ。アルヴィスが何をしたかについては、気にしていないようだ。尤もその方がアルヴィスも気楽でいい。

キアラの傍にいた侍女を見れば、驚きに目を見開いているのが窺える。何事が起きたのかと目を何度も瞬いて、アルヴィスをゆっくりと見た。侍女として働いているだけならば、見ることがない光景だろう。しかも、アルヴィスが行ったことはだれにでも出来ることではない。

（乱用するなと言われたが、この程度ならいいだろう……）

霊水ではない、ただの花一輪なのだから。

ルベリア王国の影

アルヴィスが執務室へと再び戻ってくると、既にそこには宰相の姿があった。リードル・フォン・ザクセン侯爵。真面目な彼は、アルヴィスの顔を見るとスッと立ち上がり頭を下げた。それほど時間をかけたつもりではなかったはずだが、既に紅茶が用意されていることから見るに今来たわけではないことはわかる。

「すまない、宰相。待たせたみたいだな」

「いえ、私が早く来てしまっただけでございます」

「そうか」

この手の問答には、アルヴィスから折れるしかない。ここ一年近くで学んだことだ。宰相とて暇なわけではない。時間は有限。アルヴィスが宰相と向かい合って座ると、早速本題を切り出してくる。

「殿下にお伝えしたかった件ですが、例の王女の引き渡し日時が決まりました」

「いつだ？」

「一週間後です」

一週間後。急すぎる話ではあるが、いつまでも他国の王族を拘束していることもできない。出来るだけ早めにけりをつけたいというのは、アルヴィスも同じだ。

しかしその日は、リティーヌの誕生日。とはいえ、従妹の誕生日とこちらの件、重要さは比べるべくもない。宰相がこの話をアルヴィスへ持ってきたことから、アルヴィスが出向くことになるのだろう。リティーヌには申し訳ないが、今回は致し方ない。

「移送については、騎士団長と殿下にお任せすると」

「ヘクター団長には既に伝えてあるのか？」

「先ほど口頭にてお伝えいたしました」

ここへ来る前に騎士団長の下へも顔を出してきたらしい。移送についての打ち合わせについては、アルヴィスの予定に合わせるということだった。人を動かす調整は、口にするほど簡単ではない。

アルヴィスはソファーへ背を預けて腕を組むと、今後の予定に思考を巡らせた。

今日は融通が利くが、明日以降はそれなりにやるべきことがある。最優先事項を移送関連として動くのはいいとして、それ以外の案件をどうするかが問題だ。その中でも打ち合わせが必要な近々の重要事項といえば、王立学園で行われる創立記念パーティーの件だろう。学園側と当日の動きについてなど打ち合わせる必要がある。それ以外については、アルヴィスが多少無理をすればいい話。ギリギリになってしまうかもしれないが、移送対応のための時間を捻出することは可能だ。

「わかった。出来れば今日中にすり合わせをしておきたい。エド、ヘクター団長に夕刻までの間で時間を取れるか確認してきてほしい」

「承知いたしました」

直ぐにエドワルドは執務室を出て行く。

「それと殿下、もう一つお耳に入れておきたいことが」

「マラーナの件か？」

「はい。ここ最近のかの国については殿下もご存じのことと思いますが、そこの宰相殿についてです」

マラーナ王国宰相、その名はシーノルド・セリアン。カリアンヌ王女を唆けた人物。マラーナ王国が認めずとも、アルヴィスはそう考えている。そして恐らくは、リリアンの件についても無関係ではない。同じ薬を持っていたことがその疑惑を抱かせていた。だが、宰相という職についている人物が、足が付くようなヘマをするとは考えにくい。ゆえに、リリアンと宰相とを繋ぐ情報は得られなくて当然かもしれない。

アルヴィスは己の生誕祭で起きた事件の首謀者とされているロックバード伯爵の情報を思い出す。好色家で、奴隷制度が廃止されたはずのマラーナにおいて未だに奴隷を所持しているという噂もある人物。もしかすると彼も、宰相と関わりがある可能性があるのではないか。そんな考えが脳裏を過る。

「ゴホン」

「っ!?」

「殿下、まだお話は終わっておりません」

「悪い……」

思考に耽りすぎて、宰相の話を聞いていなかった。悪い癖だとわかっているが、考えずにはいられない。溜息をつきながら宰相が口を開く。

「ですが、その様子ではかの宰相についてお考えになられていたようですね」

「あぁ。確証はないが、エリナを狙った件も含めて彼が裏にいる可能性を考えていた」

「なるほど……実のところ私もそう考えておりました」

宰相が伝えたかったこととと、アルヴィスが考えていたことは同じだったらしい。あまり表情を変えない宰相が口元に笑みを浮かべていた。だが、次の瞬間には笑みを消す。

「この件についてはまだ探りを入れている段階です。そこで、影を動かしてはどうかと提案をいたしますが」

「影、か……」

国王直属の隠密である影。その実態はアルヴィスでさえ、未だに知らないことが多い。建国祭を終えた後、アルヴィスは影を率いる一人だという人物と顔を合わせた。いや、正確には影だということを知らされたという方が正しい。

その人物は、アルヴィスが王太子となった時からずっと傍にいた者だった。普段の様子からは、隠密だと気づかれないだろう。尤も、気づかれるようでは影として失格だということだが。

「まぁ聞いてみるか」

「聞いてみる、ですか。殿下らしいお言葉です。では、そちらはお任せいたします」

「あぁ」

要件は済んだと、宰相は深々と頭を下げて執務室を出て行った。残されたアルヴィスは、立ち上がると執務室の隣にある仮眠室の扉を開ける。そこには、侍女の制服を着た者が一人。扉を開けられて、少しばかり目を大きくしたのをアルヴィスは見逃さなかった。

「いつからお気づきに？」

「影の話が出た時に、一瞬気配を感じた」

本当に一瞬だ。マナの気配が膨れ上がったのを感知し、それが彼女のものだと理解した。宰相が気づいている様子はなかったため、彼女がいることに触れなかっただけで。

「本当に、そちらの方面に関しては殿下にかないませんね」

「そう言ってもらえると、俺も鍛えてきた意味があるな」

扉を閉じれば仮眠室にはアルヴィスと彼女の二人しかいない。壁にもたれながら、アルヴィスは彼女と視線を交わす。首の後ろで束ねている髪の毛がひらりと揺れ、鳶(とび)色の瞳が真っ直ぐにアルヴィスを見ていた。

「それで……受けてもらえるのか、アンナ・フィール？」

元王妃付きだったが、アルヴィスが立太子するのに合わせて侍女として専属になった女性。それがアンナだ。侍女としても有能だったが、何よりもアンナは侍女でありながら武の心得がある人物だった。ゆえに王妃付きとして、平民ながらも抜擢されたのだと思っていた。

だがその実は、アルヴィスが立太子するのに合わせて、次期トップ同士の相性を見ることが目的だったらしい。アンナは、いずれ影を率いることになる人物なのだから。

「そういう時はご命令してください。私は既に殿下へ誓いを立てておりますから」

クスクスと笑うアンナは、ここ一年近くアルヴィスを観察していたこともあってその性格もわかっているようだ。

アルヴィスは、他人に命令することに慣れていない。特に、ここ一年で関わることになった者たちに対しては。壁を作っているわけではないが、そこに確固たる信頼がないからだろう。

アルヴィスは過去の出来事から、常に一定の壁を他人に作って過ごしてきた。万が一、裏切られたとしても己が傷つかないようにと。もしかすると影であるアンナは、そんなアルヴィスの過去を知っているのかもしれない。

「どんな理不尽な命令でも、従うというのか？」

アンナを試すようにアルヴィスは問いかける。すると、アンナは首を横に振った。

「そもそもその前提があり得ません」

「あり得ない？」

迷いなく却下されて思わずアルヴィスは聞き返してしまう。そして、グイッと顔を近づけられ、吐息が届くような距離にあるアンナの瞳がアルヴィスを射貫く。

「殿下がそのようなご命令を下すはずがありませんから」

「……」

そう言い切るアンナに、アルヴィスは目を丸くして驚いた。アルヴィスの様子に満足したのか、アンナはアルヴィスから離れる。

「このようなところをリトアード公爵令嬢に目撃されれば、浮気現場そのものですね」

面白そうに笑うアンナ。動揺してしまったアルヴィスが悪いのだが、そもそもアンナの悪ふざけが問題だ。息を深く吐くと、アルヴィスは額に手を当てた。

「……そのような恰好をしているからだろう」

「ふふふ、これは色々と考えた故の戦闘服ですよ。女性である方が何かと都合がいいのです。俺にとっては」

一人称が変わると、声に低さが増した。元々女性にしては低めの声だとは思っていたが、それほど違和感を与えるようなものではない。女性の恰好で現れれば、女性にしか見えないだろう。

だが、アンナは影。隠密組織の一員。本当の姿を見せている人物は少なければ少ないほどいいらしい。そのためにあえて女性の姿を取っているというのだ。要するに、アンナ・フィールという名も偽名ということになる。

「では、話を戻します。そちらの対応はいかがしますか、王太子殿下？」

アンナは再び声色を戻した。己を見せる時間は短ければ短いほどいいということなのだろう。

「……」

額に当てていた手をどけ、腕を組みアルヴィスは考える姿勢を取った。といっても答えは既に決まっているようなものだ。そして、影を動かすということはそれをアルヴィスが背負うということ。ならばきちんと彼には伝えておかなければ。今のアルヴィスの想いを。

「今の俺は、まだ影を信用できていない。その俺の言葉に、従えるのか？」

国王の影。代々、王に仕えてきた組織。それだけでは信用することは出来ない。面と向かってそう話すアルヴィスに、アンナは気分を害した様子もなく頷いた。

「存じております。無条件に信じていただけるなどとは、初めから思っておりません。我々が殿下を観察していたように、相手を知らねば信じることなど出来ない。当たり前のことです」

「そうか」

今はそれで問題ないと、アルヴィスの言葉を肯定してくれる。まだ出会ってさほど時間が経っていないのだから。

「それに簡単に信用していただくと、それはそれで困りますし。多少懐疑的でいる方が、正しい対応です」

疑ってもらった方がいいとは、不思議なことを言う。だがそれも、裏から国を支えてきた彼らだからこその言葉なのだろう。アルヴィスは目を閉じて、ゆっくりと息を吐いた。

「ならば、王太子として命じる」

目を開けて寄りかかっていた身体を起こす。すると、アンナはその場で膝をついた。

「マラーナの現状と、その宰相の周辺を探ってほしい。その目的を」

「御意」

王太子であるアルヴィスの執務室を後にしたアンナは、人気のない廊下に出たところでさっと、その場で飛び上がった。そして手慣れた手付きで天井を外すと、中へと入る。入り組んだ狭い道にその先を照らす光はない。やがて行き止まりとなると、その下にある板を外して飛び降りた。

「よっと」

「アンか。ご苦労様じゃの」

床へと着地すれば、そこには一人の好々爺がのんびりと書物を片手に暖炉近くの椅子に座っている。

「先代？　あんたまだここに来ていたのか」

「たまには良いじゃろう。ほっほっほ」

アンナが先代と呼んだ好々爺は、顎下の鬚を触りながら笑う。一方のアンナは訝し気な視線を向けていた。

「最近じゃここに来ることがなかったあんたがいることに、嫌な予感しかしないのは俺だけか？」

「まぁそのような冷たいことを言うな」

何を言っても飄々（ひょうひょう）としている相手に、口で勝てるはずもない。長年の経験からそれを理解しているアンナは、放っておいて自らの支度に取り掛かる。アンナが率いる部隊へ指示を出さなければならないからだ。

「それでどうなのじゃ？」

「何のことだ？」

作業中にもかかわらず声を掛けてくるが、アンナが振り返ることはない。あまり相手をしている時間もなかった。

「誤魔化すでない。お主が、既に王太子へと付くことを決めたのは知っておる」

「それが何か？」

「まだ王太子の段階で顔を見せるのは少々早いのではないのか？」

この言葉に、アンナは手を止める。そして口元を緩めた。同じことを、現首領である養父にも言われたのだから。

アンナはいずれ影の首領となるが、国王となってから引き継ぎをしても十分だった。実際、そのつもりだったのだ。

実をいえば、アンナは学園でのジラルドを監視していた一人だった。いずれ王となる相手を監視するのは、あまり前例がないこと。だが、それでも監視を言い渡されてからのジラルドの行動は、正直なところあまりに為政者としての責任が欠如しているとしか思えなかった。

個人的に、ジラルドが婚約者以外の令嬢を囲んだところで、アンナにとってはどうでもいいことだ。いずれ側妃として迎えるならばそれでいいと。この件については、図らずもエリナと同意見だった。流石(さすが)は、王太子妃として教育を受けている人だと納得もした。

しかし、それ以降の行動は王太子としてあるべき行動ではなかったように思う。

リリアンという令嬢の話を真に受けた後は特に酷(ひど)かった。それを称賛するだけならばまだいい。だが「ならば、我が国もそうしよう」と言い始めたのは見ていられなかった。それに付随して起こる事柄について何も考えていない。

制度を替える。教育を見直す。言うだけならば簡単だ。だが、それには多くの人や、資金が動く。それに伴い職を失う者もいるかもしれない。変革を唱えるのは勝手だが、彼らは結果だけを話しており、そこに至る過程については全く目を向けていなかった。耳触りの良い言葉に、左右される。恋は盲目とはよく言ったものだと、感心さえするほどに。

実際、なぜあそこまでジラルドがリリアンの言葉を真に受けるほどになってしまったのか。アンナにはその理由がわからなかった。確かに外見はいい。可愛(かわい)らしいことは認める。しかし、それ以上の魅力をアンナは彼女には感じない。

首領曰く、ジラルドは優秀な部類ではあった。しかしそれ以上に優秀な者が身近にいたことが不運だと。

それはリティーヌという異母姉のことだ。王妃も国王も、リティーヌの優秀さを知っている。比較対象が高すぎた弊害、そしてジラルド自身のプライドが高かったこともあり、承認欲求に飢えていたのだろうと。唯一の王子ということで、周囲も求めるものが高すぎたのだ。

とはいえ、王族として生まれた以上はそのようなことは当然だ。いや王族だからではない。貴族として生まれた者たちにとっては、当たり前のこと。その家に生まれた以上、責任が付きまとう。その背中には、たくさんの人々の生活が懸かっているのだから。欲求以上に、背負う責任の度合いが高くなるのは仕方のないこと。それを見て見ぬ振りをしたのは、ジラルド自身だ。

王族は権力と引き換えに自由を奪われている存在である。そこに自由を求め、己の意志を優先してしまった。この段階で、既に運命は決まっていたのかもしれない。

ジラルドの代わりに王太子となったアルヴィスは、そういった意味ではジラルドと正反対の性格をしていると言える。

初めて彼を見かけたのは、近衛隊として任務をしている姿だった。随分と面倒な場所に生まれた人だというのが、最初の感想だ。王位継承権を持っているということから、影として気にかかる人物であったのは確かだが、まさか次期国王にさせられるとまでは考えていなかった。

「確かに、顔を見せるのは即位してからでも構わなかった。その境遇に同情していたことも認める。

だが……殿下は常に自ら率先して動くお方。それは彼の手足となるべく存在がいないからだとも言える」

「ふむ。だが、近衛も騎士団も王太子の命令があれば、即座に動くと思うがの」

「殿下の性格上、後ろで動かれるのを好まない。近衛については信頼しているだろうが、どこかで元同僚としての意識が残っている。近衛も殿下の与り知らぬ間に動くことはしないはずだ」

表面的には、アルヴィスの態度は変わった。あの建国祭から。

しかし、近衛隊は王太子となる以前から付き合いのある者たちばかり。近衛隊長はともかくとして、お互いにどこかで引きずられてしまうこともあるだろう。だが、アンナは違う。

「俺ならば、そのようなことは起こらない。割り切った命令をすることが出来る」

「なるほどの。じゃが、見たところ自分以外の人間に対しては甘いタイプのようじゃが」

「付き合いの浅い俺ならば、関係ないだろう。要件はそれだけか？　なら俺は行くからな」

支度を終えたアンナは、ここへ来た時と同じ場所へと飛び上がり足早に去っていった。残された男は、眉を下げながら溜息をつく。

「その判断は、甘いと言わざるを得ないの。じゃがこれも為政者としてやらねばならぬことといえよう」

アンナが去った場所を見ながら、彼は再び椅子へと腰を下ろした。

それから三日後のこと。諸々の調整を終えた騎士団が、カリアンヌ王女を連れて国境にある砦セーベルンへと出発した。

カリアンヌ王女には申し訳ないが、日程に余裕がないため強行軍で進むこととなる。その二日後には、アルヴィスもセーベルンへと向かった。馬車ではなく、馬に乗って追いかける形で。

この時、アルヴィスは騎士出身だという己に感謝したいくらいだった。訓練を受けていない者であれば、一日を馬で駆けることなど出来なかっただろう。

馬で追いかけるということから、同行者は近衛隊の専属護衛である者たちを中心とした面子になった。レックスやディンはもちろんのこと、他にも数人が同行している。だが、侍女たちは一切連れてきていない。女性には中々にキツイ道のりになることもあるが、第一に侍女たちに気を遣ってはいられないからだ。

馬で駆けてセーベルンとの半分の距離まで来たところで、野営をするための準備に入る。魔物が出没するという報告もあるため、アルヴィスは念のため結界を張ることにした。中央に棒を指して、結界の範囲を決める。

「殿下、このくらいでいかがでしょうか？」

「そうだな。ホルス、お願い出来るか？」

「お任せください」

近衛隊の中からこういう作業が得意な隊士を呼ぶ。彼はホルス・フォン・コーディン。子爵家出身で、この中ではディンに次いで年長である。近衛隊の中では後方支援を得意とするので、いつもハーヴィと共に後ろに控えていることが多い。前線に立つことが多かったアルヴィスとは、それほど接点はなかった隊士でもある。だが長身で目立つその姿をアルヴィスはよく見かけていた。

ホルスが棒の前に立ち、目を閉じて集中する。暫くすると暖かな風が頬を撫でた。手慣れた様子で結界の構築を完了させる。探知という目的でマナの膜を張ることはアルヴィスもよく行っているが、侵入を防ぐ目的で構築したことはない。

「いつもながら見事だな」

「殿下ならば、少し鍛錬すればすぐに出来るようになりますよ。尤も、できれば私が現役でいるうちは任せて貰えると嬉しいですがね」

「わかっているよ」

ここは王族たるアルヴィスの手を出す範囲ではない。出来るようになっておくことは構わないが、他に出来る者がいる以上アルヴィスが出しゃばることはしないつもりだ。

結界の構築が終われば、テントを張る作業に入る。以前、遠征に出た時と同じようにアルヴィスは近くの木の傍で様子を見ながら休んでいた。遠征の時とは違い、今回はエドワルドが同行していない。その代わり、友人でもあるレックスが傍にいた。

「お疲れさん」

「あぁ。レックスも」

「お互い、ここまでの強行軍は久々だもんな」

あははと笑うレックスに、アルヴィスも表情を和らげる。久々といっても、レックスが久しぶりなのはアルヴィスの専属となったからだろう。

「アルヴィスは馬に乗るのも久しぶりだっただろ？　大丈夫だったか？」

「あまり世話もしてやれていなかったから、なだめるのに少し時間はかかったな」

アルヴィスが乗る馬は、黒い馬だ。その名はユア。騎士団入団後からの付き合いで、少々気難しい性格をしている。アルヴィスの事情を馬が知るわけがない。馬からすれば、ずっと放っておかれたわけなのだから、怒るのも当然だ。

ルークによると、近衛隊の方で変わらず世話はしていたが、乗り手であるアルヴィスが不在なのだから、それ以上は何も出来なかったようだ。アルヴィスは他の乗り手を見つけても構わないと伝えていたのだが、他ならぬユア自身が他の人間を乗せることをしなかったのだからどうしようもない。それを喜んでいいのか悲しむべきなのか、アルヴィスは複雑だった。この先、アルヴィスがユアに乗ることはそう多くはないのだから。

「じゃじゃ馬だからなぁ、あれは」

「慣れればそんなことないんだが」

「いやいや、アルヴィスだけにだろ？」

レックスの言葉を否定できないだけに、アルヴィスは困ったように笑うしかなかった。

気に入った相手以外には心を許さないじゃじゃ馬。誰にでも温厚な馬もいるが、決めた相手以外を乗せるのを嫌がる馬も少なからずいる。アルヴィスの愛馬ユアもそれに当てはまるというだけで、珍しいというわけではない。逆にレックスの馬であるイルは、本人と似たような性格をしており人懐っこい。

そんな話をしていると、ユアがそっとアルヴィスの傍まで近づいてきていた。顔を近づけてくるユアをアルヴィスはそっと撫でる。

「ヒン」

「構ってやれなくてごめん」

そっと呟くと、鼻先をアルヴィスの頬へとくっつけてきた。ユアなりの親愛の証らしい。

「そうしていると、大人しいんだけどなぁ。俺に対しては威嚇しかしてこないし」

顔にありありと不満だと書いてあるレックスに、アルヴィスは声を上げて笑う。レックスは基本的に素直な性格だ。もちろん、子爵家出身でもあるのでそれなりに取り繕うことを知っている。近衛隊として動いていることが多い彼が、社交界に顔を出すことは少ないもののアルヴィスよりは顔を出していたようだ。

話をしているうちに野営準備は終わっていた。今日は早めに休んで、明日中にはセーベルンに到着できるよう備えなければならない。その翌日にはマラーナの宰相と顔を合わせることになるのだから。

　アンナからの情報だと、マラーナの宰相の目的はどうやら王族を排斥することのようだ。まだ確証はないものの、今回のカリアンヌ王女の失態は既に国境の町まで広がっているらしい。王都や中央に近い場所ならともかく、国境まで広がっているというのは誰かが積極的に話を広げていると考えて間違いない。さして秘密にされていないことから、この情報は知られても構わない、もしくは意図的に知らせていると取るべきだ。

「中々に面倒な相手のようだな」

「ヒン？」

「いや、何でもないよ」

　小さな呟きを拾ったユアが首をかしげてきたが、アルヴィスは首を横に振った。


　翌日、朝早く野営地を出発したアルヴィスたち。夕刻には、セーベルンの砦へと到着した。砦の前には、騎士団員たちの姿。その中心にいる大柄な男。その背には大剣が背負われている。彼はアルヴィスの前まで来ると、その場で膝をついた。

「お待ちしておりました、アルヴィス王太子殿下」

「出迎え、感謝します」

「はっ」

首を垂れるその姿はアルヴィスの方が委縮してしまうほどの圧を感じさせた。アルヴィスが細身だからなのか、肉厚な彼に圧倒されそうだった。

「改めてご挨拶を。ここを預かっているガルシア・フォン・ホーンでございます」

「貴方がホーン卿でしたか」

ホーン伯爵家の先代当主であり、領主業を息子に引き継いだ後も変わらず軍に属している老将だ。直接の面識はないものの、齢六十過ぎにもかかわらず現役を貫いている彼のことをアルヴィスも知っていた。

「アルヴィス・ルベリア・ベルフィアスです。宜しくお願いします」

「御意に。では、まずは砦へとご案内を」

「はい」

スッと立ち上がったガルシアの後をアルヴィスがついていく。レックスたちはその後ろに続いた。

砦の中は入り組んだ構造をしている。ここは国境において防壁の拠点の一つ。万が一、攻め込まれた時のため、頑丈かつ複雑な造りにしているのだ。だが、そこに絶対はない。特に魔物たちが大群で現れた時には、ここの外壁がどこまで防衛の役割を果たしてくれるのかは不確定である。現代においては、ここまで攻め込まれたことなどないのだから。

この時、アルヴィスの脳裏に浮かんだのは、リリアンから読み取った情報だった。必要最低限の情報だけでよかったのだが、彼女の中を覗いた瞬間に感情の波と共に押し寄せてきてしまったもの。断片的で、どこか物語を聞いているかのような情報。聞きなれない言葉と文字。そこからアルヴィスが理解できたことは少なかった。だが、ただの戯言だと無視することも出来ない情報があったのも確かだ。

読み取る予定ではなかったリリアンの記憶。それは突如として魔物が世界に溢れるというもの。それが真実かどうか。今は情報が少なすぎて判断は出来ない。そうして読み取った時のことを思い出していると、言い知れない感情の波が襲ってきた。これはアルヴィスのものではない。共に読み取ってしまったリリアンの感情だ。

「アルヴィス、どうかしたのか？」

「っ!?」

肩に手を置かれて、ハッとする。その手はレックスのもの。何事かとレックスが心配そうにアルヴィスを見ていた。集中していたためか、足が動いていなかったらしい。ガルシアが前を歩いているのに、アルヴィスは立ち止まったまま。見れば、レックスだけでなくガルシアや同行していたディンらもアルヴィスを見ている。目を閉じてゆっくりと息を吐き出す。先程までの荒波は過ぎ去った。レックスには感謝すべきだろう。

「助かったレックス。それと、悪かった。考え事をしていたんだ」

「あの王女のことか？」

「いや、そうじゃない。少しな、思い出しただけなんだ。気にしないでくれ」

リリアンの話については、近衛隊でもルークやハーヴィにしか伝えていない話だ。それにここで話すようなことでもない。レックスの手をやんわりと放すと、ガルシアの後を追った。

「まぁお前がそう言うならいいけど」

深く追及してこないことを有り難く思う。引き続き砦内を案内されていると、ふと窓から塔のようなものが見えた。それほどの高さはなく、独立しているためこちらから行き来することは出来ないようだ。

「あそこは、罪人となったものの死罪を免れた高位貴族の方々を幽閉していた場所です」

過去には王族も世話になった人がいるという。今、ジラルドが幽閉されている塔はこれをもとに造られている。話は知っていたが、実物を見るのは初めてだ。近年は使われることがないままだったからだ。これからもそうないだろうと思っていたところへ、客人が現れたのは昨日。

「今は例の王女へとあてがっております」

「なるほど」

暫く使っていないとはいえ、整備はしていた。カリアンヌが来ると知らせを受けたのは、数日前。急ぎ掃除などの対応をして、多少の不便はあれども問題なく使えるレベルだという。尤も、カリアンヌ自身がどう思うかは別にして。

最後に案内されたのが、本日アルヴィスが滞在する貴賓室だった。室内に備え付けられているソファーへと腰を下ろすと、その後ろにレックスとディンが立つ。ガルシアもアルヴィスの向かい合う形で腰掛けた。

「それではまずご報告をさせていただきます」

「お願いします」

地図をテーブルに置くと、状況のすり合わせを行う。今回の目的は王女の引き渡し。戦闘を行うわけではない。ただ、この辺りの地理についてはアルヴィスも詳しくはなかった。ゆえに、念のためだ。

「現在、マラーナも国境まで来ていることを確認しております。斥候から報告がありました」

「あちらの人数は？」

「護衛とみられる者が十数人。それと数人の官僚と思われる方々の姿があると」

王女を引き取りに来ているだけなのだ。妥当な人数だろう。その数人の官僚の中に、宰相がいるはずだ。

「国境が騒がしいのも困るので、速やかに終わってほしいものです」

「それについては同意しますよ」

本当に嫌そうに話すガルシアに、アルヴィスは苦笑するしかなかった。

翌日。アルヴィスは正装に着替えて支度をする。正装に着替える時は、侍女たちに手伝ってもらうのが常だ。今回は、アンナが手伝っていた。

彼女はアルヴィスと共に来たわけではなく、カリアンヌの馬車につく形で来ていたのだ。その正体を知るアルヴィスとしては、馬でもよかった気がしなくもないが。

「そういえば、面白いお話をされていましたよ」

「王女のことか？」

「えぇ。殿下付きの侍女だとは名乗らなかったので、恐らくは下女か何かだと思ったのでしょうけれど」

そう見えるようにわざと侍女の制服は着ていなかった、と話すアンナ。アルヴィス付きの侍女と見せないのなら、わざわざ女の恰好をしなくともいいのではと思うが、戦闘服と言っていたように女の恰好であることに意味があるのだろう。

「それで、面白い話とは？」

「私に、マラーナへ来ないかというお誘いでした」

予想よりも物騒な話にアルヴィスは動きを止めた。だが、アンナは変わらず笑みを崩さない。

「貴女(あなた)のような女性なら、第二級以上の扱いを保証するわ、ですって」

「第二級？」

「奴隷階級のことです。身分はないけれど、衣食住は保証されるらしいですよ」

アンナの話を聞いて、アルヴィスは頭を抱えた。要するに、カリアンヌを見逃す手助けをしてくれたら、マラーナでの階級を約束する。だから、手を貸してほしいということらしい。下女という身分だとアンナを見ており、大した待遇を受けていないとカリアンヌは判断したのだろう。

「中々に面白い発想ですよね。そもそも下女であっても、特別な理由がない限りは給与も出ますし、人権もありますのに」

下女はのちに侍女へと昇給することも出来る、言わば使用人見習いのことを指す。カリアンヌの提案に飛びつく理由は一つもない。だが、カリアンヌは自国の方が優遇されると疑ってはいないらしい。つまり、それがマラーナの実態ということか。

「それと、これは私が得た情報ですが」

「なんだ？」

「……カリアンヌ王女は、引き渡しが終われば数日中にも処罰されるでしょう」

打って変わって真剣なまなざしでアルヴィスを射貫く。

処罰される。直接的な言い回しは避けているものの、それが示すのが何か。アルヴィスは理解していた。

「ルベリアの王太子を害そうとした事実は、既に広まっております。帝国はもちろんですが、スーベニアにも。わざわざ、我が国が流そうとせずとも広まった。つまりは、マラーナ自身も関与していると考えるべきです」

ルベリアがマラーナへ抗議していることは、周知の事実となっている。マラーナが我関せずとしているならば、戦に発展する可能性がある案件だ。その立場上スーベニアは中立の立場を取るだろうが、帝国は違う。建国祭で皇太子であるグレイズとアルヴィスが良好な関係を築けたというのもあって、帝国はルベリアへの支持を表明するだろう。この両国を相手に、マラーナが勝てる見込みはない。だからこその今回の引き渡しとなったのだから。

「国が関わっていないとしても、王族が起こしたこと。その責任をその身で償うとすれば、これをルベリアは無視することも出来ません」

「すべて宰相の思惑通りか」

「殿下を懐柔出来たならそれで良かったのかもしれませんが、事はそううまく運ばなかった。失敗したからと切り捨てるのか。元々切り捨てるつもりだったのかまではわかりません」

だが、結果として切り捨てることには変わりない。アルヴィスがカリアンヌを捕らえたことで、彼女の未来を潰すことになった。

「いかがしますか？」

「……どういう意味だ？」

この期に及んで、アンナの質問の意味がわからずアルヴィスは眉を寄せた。すると、アンナはナイフをアルヴィスの前に差し出した。

「お優しいアルヴィス殿下。あなたは彼女が死ぬのを知っていてもそれを見捨てることが出来ます

か？」

「……」

「それとも慈悲を与えますか？」

嫌味な言い方だ。別にアルヴィスは優しいつもりはない。ただ、己の関係するところで人が死ぬのがいい気分じゃないのは確かだ。そう、過去の彼女のように。

アルヴィスはアンナが差し出したナイフを摑むと、その手から奪い取る。

「俺が起こした行動によって迎えた結末だ。ここで俺が彼女を助ける理由はない」

「それが殿下の判断、というわけですね」

「そもそもそれを判断するのは俺じゃない。王女はマラーナの王族。その国によって処罰されるのが、道理だ」

たとえ、その先に待っている結果が死であってもだ。ルベリアの王太子であるアルヴィスには関与することは許されない。権力を持つ立場の人間には、言葉と行動一つ一つに責任が伴う。そういうつもりじゃなかった、などという言い訳は通じない。その責任は取らねばならない。カリアンヌの場合も同じことだ。

「なるほど……合格です」

「アンナ？」

「ここで助けると言われたらどうしようかと思いました」

それほどに甘い人間に思われていたのだろうか。いや、そう思われても仕方ない過去をアルヴィスは持っている。どうしたって、己の行動で人の生死が決まるのは避けたいもの。だが、それを背負わなければならない立場にアルヴィスはいる。逃げてばかりもいられないのだから。

数時間後、関所を通ったマラーナ側の領地でアルヴィスはマラーナの宰相であるシーノルド・セリアンと対面していた。軍人とも見える屈強な男、それが第一印象だ。

「お初にお目にかかります、マラーナ王国で宰相をしておりますシーノルド・セリアンでございます」

「ルベリア王太子、アルヴィス・ルベリア・ベルフィアスです」

右手を胸に当てて、左手を腰の後ろに回しながら頭を下げたシーノルド。それに倣うように、後ろにいた男たちも頭を下げる。同行しているのは官僚たち。その中にあってシーノルドだけが異質だった。威圧感を与えてくるが、それは殺気ではない。こちらを品定めしていると言ってもいいだろう。応対しても構わないが、今回の目的はそれではない。

「此度の不祥事、我が国の国王陛下に代わり謝罪を申し上げます。ですが、我が国にルベリアに対する敵対心はございません。どうか、お許し願います」

「……」

深々と頭を下げるシーノルド。後ろにいる彼らも頭を上げる気配はない。アルヴィスの言葉があるまでそうしているつもりなのだろう。疑わしいこともあるが、公式な場での謝罪。これを受けなければ狭量な印象を抱かせてしまうだけ。アルヴィスは溜息を呑み込みながら、笑みを作る。

「謝罪を受け入れます。どうか頭をお上げください」

「寛大なお言葉、恐れ入ります」

害したといっても、アルヴィス自身に怪我はない。直後には後遺症のようなものがあったが、今は完治している。賠償もそれほど大きいものを支払ってもらう必要はないものの、ゼロとはいかない。数年間のマラーナ王族のルベリア訪問自粛。これは当然だろう。他には貿易における関税率の引き上げ。数字自体は小さく、数年の間だけ。マラーナの国力を見ても十分に対応可能な範囲だ。

シーノルドはこれに一切の反論をせずに了承した。予想の範囲内だったということだろう。

「王女は、そちらの馬車へ移動させております。あとは――」

「こちらで良きようにさせていただきます。此度はご足労いただき、ありがとうございました」

「いえ。では私もこれで失礼します」

要件は終わったとでもいうように、宰相は再び頭を下げる。アルヴィスもこれ以上ここにいる意味はない。ユアに跨ると、そのまま国境へと再び走らせた。

残されたシーノルドはというと、走り去っていくアルヴィスの姿をじっと見つめていた。

「ふむ。どうやら腐敗しているのは、我が国だけということか」

「宰相閣下？」

「まぁよい。こちらも急ぐぞ。暴れだす前に処分しなければな」

「はっ」

そうしてシーノルドは踵を返すと、部下へ指示を出しながらカリアンヌの馬車へと近づいて行った。

リティーヌの誕生日

アルヴィスが不在の間に、王城ではリティーヌの誕生日パーティーが開かれていた。あまり豪勢に行わないのは、リティーヌが世継ぎではないからである。いずれ他国に嫁ぐか、国内貴族に降嫁するのか。それは遠い未来の話ではない。そのために国税を使うのもどうかとリティーヌ自身は思っている。

パーティーを終え自室へと戻ったリティーヌは、妹であるキアラからの誕生日プレゼントを机の上に置いた。毎年のように妹からはプレゼントをもらっているが、今年は随分と気合が入っているようだ。

こうしてキアラがお手製のものをプレゼントしてくれるようになったのは、従兄(いとこ)の言動がきっかけだった。以前キアラの用意したプレゼントを受け取らず、それはキアラが好きに使ってよいお金ではないと諭したのだ。当人は、贈り物を断る口実として使ったのかもしれない。

そもそもキアラ個人の資産などないのだ。従兄もそれは知っていただろう。だからこそ、そう告げたのだろうが、逆にそれはキアラの心に火をつけた。手作りならば受け取ってもらえると。今年の誕生日にはそれを実行していたのだから、これは従兄の負けだ。素直に受け取ったらしいので、リティーヌとしても満足している。

「にしても、律儀ね」

その従兄から、机の上にはリティーヌへのプレゼントが置かれていた。当日は出席できないが、プレゼントだけでもと思ったのだろう。小さな箱に添えられたカードには、おめでとうのメッセージが書かれている。カードを手に取って、リティーヌは箱の蓋を開けた。

「あ……ブローチ」

箱に入っていたのは、ブローチだった。小さな黒曜石と、それを縁取るようにピンクパールがはめられたもの。小さな粒ではあるが、事前に用意してくれていたことがよくわかる。従兄から装飾品を贈られたのはこれが初めてだ。従兄が騎士となってからは手紙のみだったので、贈り物自体が久しぶりだった。

「全く、これまでの埋め合わせってことなのよね、きっと。お兄様らしいわ」

『誕生日おめでとう、リティ』

リティーヌを唯一愛称で呼ぶ従兄。他の誰よりも、彼に祝ってもらえたことを嬉しいと思う。少しだけエリナに悪い気もするが、これはあくまで従兄妹同士の親愛だ。従兄にそれ以上の意味はない。

リティーヌは、窓際へ移動すると空を見上げる。

「ありがとう、アルお兄様」

学園への訪問

　国境の砦(とりで)セーベルンから王都へと帰還して数日。アルヴィスは久しぶりに学園の門の前に立っていた。馬車を降りれば、懐かしい学(まな)び舎(や)が目に入る。門をくぐり抜けて敷地内に入ると、広々とした並木道が出迎えてくれていた。

　アルヴィスも三年前まではここに通っていた。手前に見える建物が、講義などが行われる校舎。そしてパーティーホール、講堂、闘技場。十五歳となる年齢で入学し、三年間をここで過ごす。そうして卒業した後は、それぞれの道へと進む。将来を決める最も大事な年齢を過ごす場所が学園だ。

「この時間だと流石(さすが)に静かだな」

「そうですね。ですが、懐かしいです」

　エドワルドは、学園在籍時にアルヴィスの傍(そば)にいた。遠くを見るようにして懐かしんでいるのは、当時のアルヴィスのことだろう。だが、エドワルドも学園の卒業生である。

「お前が通っていた時もそう変わりないだろう？」

「いえ、私は学ぶことに精一杯でしたから。それ以外となると、いつもアルヴィス様のことを考えておりました」

「それはそれでどうかと思うが……」

「通わせていただいたことには感謝をしておりますが、叶うならばアルヴィス様と同じ時期に学びたかったですね。……そうすればお傍を離れることはありませんでしたから」

エドワルドは学園在籍時に初めて長期間アルヴィスの傍を離れた。これを含めてエドワルドがアルヴィスの傍を離れたのは二回だけだ。残る一回はアルヴィスの学園卒業後である。どちらも期間は三年間。短いようで長い時間だった。

この時のアルヴィスのことをエドワルドは知らない。ちょうどアルヴィスにとってトラウマとなるような出来事が起きたのもこの期間だった。エドワルドも断片的に聞いてはいるのだろうが、真実は知らない。それを悔いているらしい。

「……常々思っていたが、ハスワークのお前への主従愛は強いな」

アルヴィスの傍にそっと近寄ると、レックスが呆れたように漏らす。アルヴィスにとっては慣れた状況だ。だが、立太子してから以前よりも献身的になっているのは、勘違いではないだろう。

「いやまぁ……たぶん、俺が悪いんだろうけど」

歯切れ悪くアルヴィスが答えれば、レックスは怪訝そうな顔でアルヴィスを見返す。

「アルヴィス様？　シーリング殿も、どうかなさいましたか？」

話題の当人がアルヴィスたちの様子に気づいたようだ。まさかエドワルドの話をしていたとは言えない。言えばエドワルドの口からアルヴィスのことが語られるのは間違いないのだから。

エドワルドがアルヴィスの傍にいるようになったのは父の指示だった。だが、いつからだろう。

エドワルド自身が望むようになったのは。

「アルヴィス様？」

「何でもない」

納得していないようなエドワルドを置いておいて、アルヴィスは再び校舎を見上げた。倣うようにエドワルドたちも校舎へと身体を向ける。

今はちょうど講義中の時間。当然ながら、外に学生の姿はない。講義中でなければ、そこかしこに学生の姿が見えることもある。尤も、講義に出ていない学生がいれば話は別だが。

「この時間帯にしたのは正解だったようですね」

「あぁ。下手に騒ぎにしたいわけではないからな」

平民も通うことは可能な学園ではあるが、実際には大半が貴族である。学園入学後は社交界デビューをしている学生も多いため、貴族など見慣れているはずだがアルヴィスについては少々事情が異なる。

学園卒業後、公子として社交界に顔を出したのは数回。以降は、騎士としての都合を優先させたため、パーティーには出席していなかった。立太子した後も、多忙を理由に公式行事以外に出席したことはない。ゆえに、社交界のご婦人やご令嬢たちから注目されていることは承知している。

いや、何もご令嬢たちだけではない。学園に通っている子息たちも、アルヴィスの姿を見るのは珍しいことだろう。これについてはアルヴィスの責任でもある。多少落ち着いたら、貴族への顔出しも増やしていかなければならない。ともあれ、まずは目先のことを片付けるのが先だ。

「中に入るのは俺たちだけでいいんだろ？」

「あぁ。あとは留守を頼む」

今回、学園まで同行しているのは護衛であるレックスとディンを含めた少数の近衛隊たち。そしてエドワルドだ。校舎まで同行するのは、数人でいい。レックスの言葉に頷くと、ディンが残りの近衛隊へと指示を出す。

そんなアルヴィスたちの下へ、老紳士と若い女性が近づいてきた。

「王太子殿下、お待ちしておりました」

「ヴォーゲン先生、お久しぶりです」

眼鏡の老紳士は、目元の皺を増やして微笑みながら頭を下げた。彼は、アルヴィスが在学時にも教鞭を執っていた教師である。そんなヴォーゲンに合わせて同行していた女性も頭を下げる。見覚えがあるその姿にアルヴィスは少し驚いた。

「君は……」

「ご無沙汰をしております。王太子殿下が覚えていてくださったとは思いませんでした」

顔を上げた彼女は、懐かしい相手と言えるだろう。アルヴィスが驚いたことで、彼女のことを覚えていたと伝わったのだろう。そのこと自体に、彼女も驚いているようだった。

「ビーンズ嬢、君は教師なのか？」

「はい。卒業してから、この学園で働かせていただいております」

「そうか」

アルヴィスが驚いたのには、理由があった。彼女は、アネット・フォン・ビーンズと言って、アルヴィスの在学中のクラスメイトであり子爵家のご令嬢だ。通常、学園などで教師になるものは平民か貴族の次男三男が多い。貴族令嬢はどこかの家に嫁に入るのがほとんどで、教師という職を選ぶ者は滅多にいないのだ。

「彼女は優秀な教師でございますよ。といっても殿下方の学年には優秀な女子学生が多かったものですが」

優秀な学生ではなく、優秀な女子学生と限定した。それの意味するところにアルヴィスは笑うしかない。

「お話ししたいことはたくさんありますが、お忙しい中お引き留めすることも出来ますまい。学園長の下へとご案内いたします」

「宜(よろ)しくお願いします」

ヴォーゲンの前をアネットが先導する形で、校舎の中へと入る。

「それにしても、色々とご苦労がおありかと思いますが、お元気そうでこのおいぼれも安心いたしました」

「……ここにまで届いていていましたか」

ヴォーゲンが安心をした。それの意味するところは何か。先のマラーナの件以外にない。今回は、アルヴィスが負傷した時とは違い箝口令を敷いていなかった。マラーナへの疑念を与えるためだ。距離が離れているとはいえ、同じ王都内。さらに噂好きな貴族令嬢令息が集まる場所。届かないわけがなかった。

「ご心配をおかけして申し訳ありません。ですが、私なら大丈夫です」

「王太子殿下がそうおっしゃるならば私からは何も言えません。ただ、婚約者であるエリナ君には何かお伝えしていただければと」

「そうですね。エリナに伝わらないわけがない、か……」

逆に真っ先に伝えに行く者もいることだろう。心配をかけまいと黙っていたが、それがアダになったのかもしれない。

「わかりました。知らせていただきありがとうございます」

話をしながら歩いていると、目的の部屋へと到着した。最上階の奥にある学園長室だ。アネットがノックをすれば、部屋の中から承諾の返事がくる。扉を開き中へ入ろうとすると、背中に向けて声が聞こえた。

「これからも、ご自身を大切になさいませ」

振り返ればヴォーゲンが頭を下げている。案内役だった彼らは中には入らないようだ。アルヴィスは「わかっています」とだけ答えて、そのまま部屋へと足を踏み入れた。

エドワルドたちが入った後で扉が閉められる。部屋の中には、白髪の紳士が一人。彼がこの学園の学園長だ。代々学園の理事長は王族の縁戚の者たちが務めており、学園長もそうであることが多い。尤も今の学園長は、それには当てはまらなかった。

アルヴィスが在学中も学園長であった彼はロベルト・フォン・フォークアイ。フォークアイ伯爵当主の弟で、近衛隊副隊長であるハーヴィの叔父だ。

「ようこそおいでくださいました、王太子殿下。わざわざご足労いただき、申し訳ありません」

「いえ」

部屋に入ると、学園長はアルヴィスの前に立ち、胸に手を当てて頭を下げる。臣下の礼だ。在学時には、アルヴィスの方が頭を下げる側だった。そのためか、違和感が拭えずアルヴィスは返答に詰まってしまう。そんなアルヴィスの変化を悟った学園長は、苦笑する。

「変わりませんね、ベルフィアスは」

「え？」

「いえ、こちらの話です」

更に困惑するアルヴィスを余所に、学園長に勧められるままソファーに座った。そのアルヴィスの後ろに、レックスとディン、エドワルドは立つ。それ以外の数人の近衛隊は部屋の外で待機だ。

「改めまして、本日はありがとうございます。本来なら私どもが出向くところを、お手を煩わせてしまいました」

「昨年のこともありますので、そのように仰っていただく必要はありません、学園長。むしろ、昨年はこちらが面倒をかけてしまいましたから」

ジラルドが起こしたことによってパーティーも中断されてしまい、学園側も対応に追われた。学生側やその親たちへの対応。今年の特例についても。

今回アルヴィスが学園に来たのは創立記念パーティーの打ち合わせのためだった。本来ならば、わざわざアルヴィスが出向く必要はない。書面や代理人を立ててのやり取りでも十分である。そうしなかったのは、昨年の不始末が尾を引いているからに他ならない。

「王太子殿下から謝罪の必要はありません。陛下より、既に謝罪は受け取っております。かの元殿下の処遇も伝え聞いておりますゆえ、これ以上の謝罪は不要でございます」

「感謝します、学園長」

打ち合わせの内容といっても、学園側の意向とアルヴィスが参加するための警備などの突き合わせがメインだ。アルヴィスが来るということは、近衛隊が警備に参加するということ。そして近衛隊が行うのは、アルヴィスの護衛のみ。学園の警備たちは、例年通り学園内に目を配っていればいい。基本的にはこの方針なのだが、お互い配置が重ならないように組み替える必要はある。

今回、近衛隊については全権がアルヴィスに委ねられているため、この場で決定することが出来た。あとは、結果をルークに伝えるだけでいい。こうして無事に打ち合わせは終わった。

「では、これを警備班へと伝えておきます」

「お願いします」

「この後は、どうされますか？」

学園長に問われて、アルヴィスは暫し考える。もうすぐ講義も終わり、学生たちも動き出す時間だ。その前にアルヴィスはここを出るのが最善。アルヴィスが顔を見せれば騒ぎになることは間違いないのだから。だがしかし、アルヴィスにはやらねばならないことがあった。

「学園長」

「何でしょうか？」

「少しだけ、学園内を歩く許可をいただけませんか？」

アルヴィスのお願いに、学園長は一瞬驚いたように目を丸くする。だが、その理由に心当たりがあったのか、なるほどと何度も首を縦に振った。

「彼女、ですな」

「はい。公私混同して申し訳ないとは思いますが、お互い中々時間が取れませんから」

ここへは公務の一環として訪れた。本来ならば、これでアルヴィスは王城へと帰還すべきだろう。この後、王城での仕事も待っているのだから。

それでも、彼女には会わなければならない。アルヴィスの隣に立ちたいと願った彼女を不安にさせたままここを、学園を後にするわけにはいかない。次に会えるのがいつになるのかわからないのだから。

「婚約者に会うということを公私混同とは申しませんでしょう。同じ場所にいるならば、会いたいと思うのは当然のことです」

会いたいと口に出したわけではないが、その通りなのでアルヴィスは否定をしなかった。

「もちろん許可いたします。でしたら、ここへ彼女をお連れしましょう。その方が殿下も気が楽でしょうから」

学園長の提案に、アルヴィスは暫し考える素振りを見せた。何の連絡もなく訪れたので、エリナにも用事があるかもしれない。ならばこちらから出向くのが礼儀というもの。しかし、同時にアルヴィス自身が注目されるのも理解している。下手な騒ぎを起こすくらいならば、ここへ呼んでもらった方がいいのかもしれない。

「宜しくお願いします」

「アネット先生にお願いしますので、少々おまちください」

「ビーンズ嬢に？」

なぜ彼女に頼むのかと問えば、アネットはエリナのクラスのダンスと礼儀作法講義を担当しているらしい。学園長は立ち上がり、連絡をするために学園長室を出て行った。それほど時間を置かずに戻ってきた彼は、スッと一冊の本をアルヴィスの前へと差し出した。それほど厚みがあるわけではないそれは、闘技録と表紙に書かれている。

「学園長、これは？」

「建国祭で競技大会が開かれているのは殿下もご存じの通りです。近年の競技大会の成績をまとめたものがこちらになります」

「それで闘技録ですか。こういうものがあるとは、私も知りませんでした」

競技大会では剣技以外にも弓や武器を持たない単純な肉体実技を競う部門が設けられている。だが、こうして本として記録されているとは考えてもみなかった。

「騎士団への入団希望者もおりますが、今年は特に近衛隊志望者が多いのです」

「近衛隊は通常騎士団経験者から選ばれます。卒業生がすぐに入ることは出来ませんよ」

この場にいるディンやレックスも騎士団を経て近衛隊へと入隊している。無論アルヴィスもだ。それはある種の常識でもあった。

「存じております。ですが、近衛隊が増員される可能性がある今ならば、その可能性もあるのではということなのでしょう。進路希望に近衛隊と書いていけないわけではありませんから」

近衛隊が増員される。そこに含まれる意味は、アルヴィスとエリナの婚姻後に護衛する者を増やすだろうという考えだ。そこの采配についてはアルヴィスに権限がある。だからこそ、学園長はアルヴィスへこれを渡したのだ。実際には近衛隊にそのまま入隊することはないだろうが。

手に取ってパラパラとめくれば、本年度のページがやけに多い。競技大会だけではなく、それまでの成績や態度なども記されている。選考の題材にしてくれということなのだろう。事実、女性隊員については後々補充が必要になることは間違いない。騎士団にも女性はそう多くないことから、これを必要とすることも十分考えられる。

「なるほど。わかりました。これは私の方で預からせていただきます」

「ありがとうございます」

アルヴィスが受け取ると、学園長はほっとした表情を見せる。そこに何かしらの意図を感じるが、学園長はハーヴィの叔父だ。帰還後にでもハーヴィに確認した方がいいだろう。

『学園長、エリナさんをお連れいたしました』

そこへ扉の向こうから声がかかる。どうやら学園長にお願いをされたアネットが戻ってきたらしい。二人分の足音が聞こえる。

「入りなさい」

『はい、失礼いたします』

ガチャリと扉を開け、姿を現した二人が腰を折る。そうして再び居住まいを正すと、エリナは直ぐにアルヴィスに気が付いた。驚愕に目を大きく開くエリナへ、アルヴィスは立ち上がると傍に寄った。

「……アル、ヴィスさま?」

「突然呼び出す格好になってすまないエリナ。……元気だったか？」

エリナはアルヴィスへ手を伸ばそうとした。だが、ここがどこだかを思い出したようで伸ばしかけた手を胸元へと戻す。

「はい。私はとても元気です。アルヴィス様は、お疲れではございませんか？」

正直に言えば疲れていないとは言えない。国境より帰ってきてから、休む暇もないくらいだ。それでも、アルヴィスは何でもない風を装ってエリナへと微笑む。

「いつも通りだ。だが、君には心配をかけてしまったな。すまない」

「いいえ、私が勝手に心配をしているだけですので、アルヴィス様がお気になさるようなことは何も」

両手を顔のまえに出してブルブルと左右に振るエリナに、アルヴィスは眉を下げた。どこまでも相手に迷惑をかけないようにとするのがエリナだ。だが、エリナの言動から不安にさせてしまったのは間違いない。とはいえこれ以上は堂々巡りだ。

そういえば、以前も同じようなことをしていた気がする。そのことを思い出して、アルヴィスは思わず声を漏らして笑った。

「アルヴィス様？」

「いや、前にも似たようなことをしていたと思っただけだ」

アルヴィスの言葉にエリナもいつのことかを思い出したのだろう。口元に手を当てながらクスクスと笑った。

「そういえばそのようなこともございましたね」

ここに入ってきた当初の、アルヴィスを見た不安げな表情がエリナから消えた。そのことに安堵しながら、アルヴィスはエリナの手を引いた。エリナを隣に座らせると、アルヴィスは学園長へと向き直る。

「学園長、ご厚意ありがとうございます。ビーンズ嬢も感謝する」

アネットはその場で柔らかく微笑みながら頭を下げた。

「いえいえ。少しでも殿下のお力になれたのなら私も嬉しく思いますよ。エリナ君も、良かったですね」

「はい、ご配慮ありがとうございます」

「では我々は退席いたしますので、失礼いたします」

「いえ、学園長そこまでは――」

アルヴィスが引き留めようとするも、学園長は笑顔を浮かべながらアネットと共に学園長室から出て行った。

「……出て行かれてしまいました」

「あぁ、そうだな」

気を利かしてくれたのだろう。こちらが断る間もなかった。

「エリナ、この後予定などはあるか？」

講義が終わったばかりの時間に呼び出されたのだ。相手が学園長であれば、断ることは出来なかったはず。そう問いかければ、エリナは少し残念そうに頷く。

「はい。実は、ハーバラ様たちと勉強会をする予定なのです」

「そうか。ならばあまり引き留めてはいけないな」

そもそも持ち主を追い出して長居することは出来ない。アルヴィスは後ろに控えているエドワルドへと顔を向ける。

「エド、ランセル侯爵令嬢へ言伝てを頼めるか？」

「はい、お任せください」

「私も同行しましょう。宜しいですか、殿下？」

エドワルドにアルヴィスは声を掛けたのだが、ディンも同行を申し出た。アルヴィスとしても反対する理由はない。ここにはレックスもいるのだから。

「……わかった。宜しく頼む」

「はっ」

エドワルドとディンが揃って学園長室を後にする。その様子を怪訝そうに見ていたエリナは、無意識なのかアルヴィスの袖を摑んでいた。

「エリナ？」

アルヴィスが声を掛けると自身の行動に気が付いたようで、慌ててその手を放す。

「あ、申し訳ございません！」

「謝る必要はないが、どうかしたのか？」

「いいえ、そういうわけでは」

　何か気になることでもあったのかと問いかけるも、エリナは何でもないと首を横に振る。それはどこか我慢しているようにも映った。ちらりとレックスへと目配せをすれば、頭を掻きながら少し距離を取ってくれる。流石に二人だけになることは出来ないし、この部屋の空間では話が聞こえてしまうのは仕方がない。

　アルヴィスは優しくエリナの右手を取る。袖を摑んでいたということは、何かしら不安に思うことがあるからだろう。心当たりは一つしかない。

「アルヴィス様？」

「やはり相当心配させてしまったみたいだな」

「っ……」

　視線を合わせて問いかければ、エリナの瞳が揺れるのがわかった。黙ったまま視線を合わせていると、エリナがそっと空いている左手をアルヴィスへと伸ばす。そのまま頰へ触れてくると、何かを確認するように撫でた。エリナが安心するならばと、アルヴィスは抵抗せずにその手を受け入れる。

「お怪我をされてはいないのですよね？」

「怪我をしたわけじゃない。本当に、それほど大袈裟なことは何もないよ」

　ここにディンがいたならば、即座に訂正が入っただろう。しかし幸か不幸か、ディンはエドワル

ドに同行してこの場にはいない。重症ではないにしろ、香を嗅いだ影響により、アルヴィスは一時起き上がれないほどだった。起き上がれるようになった段階でエリナと会ったが、それでも無理をしていたことをエドワルドやディンは知っている。だが、エリナが知る必要はないことだ。納得したのか、エリナの手が離れていく。

「何も伝えられず、すまなかった。良かれと思ってのことだったが、逆に心配をかけてしまっては意味がないよな」

「いいのです。本当に何もなかったのならば、私はそれで十分ですから。こうして、今日アルヴィス様のお顔を見ることが出来て良かったです」

相変わらず物わかりのいいことだと、アルヴィスは苦笑する。エリナがこうして、大丈夫だと言ってくれるから己はそれに甘えているのだろう。

「どうかなさいましたか？」

顔を覗（のぞ）き込んでくるエリナにアルヴィスは「何でもない」と首を横に振った。

「そろそろ時間だろ？　ランセル侯爵令嬢を待たせてもいけない」

「そう、ですね」

この逢瀬（おうせ）は終わりだと告げれば、寂しげな表情をするエリナ。あまり会うことは出来ないが、別れることを寂しく思ってくれるのは嬉しいと思う。繋（つな）いでいた手を離し、そのままポンとエリナの頭に手を乗せた。

「また手紙を送るよ」

「はい」

そこへ扉がノックされる。エドワルドたちが戻ってきたのだろう。

『殿下、宜しいでしょうか？』

ディンの声だ。アルヴィスが頷いたのを確認し、レックスは扉へと近づくと、そのまま扉を開けた。

「ディンさん、と……えっと、君は？」

レックスが驚いたのも無理はない。ディンとエドワルドがいると思っていたそこには、もう一人令嬢が共にいたのだから。当然アルヴィスも驚いた。隣にいるエリナも同様だ。

「皆様、お初にお目にかかる方もございますのでご挨拶をさせていただきますわね」

一歩、前に出るとその令嬢は制服の裾を持ち上げて足を下げた。

「ハーバラ・フォン・ランセルと申します。どうか見知りおきくださいませ」

令嬢と侍従の顔合わせ

学園長室を出たエドワルドとディンは、アネットと学園長二人の後を追った。どちらかというと、用があるのはアネットの方だ。すぐに追いつき、アネットに声を掛ける。

「ビーンズ嬢」

「貴方様(あなたさま)は、殿下のお傍(そば)にいらっしゃった……？」

「アルヴィス様の侍従をしております、エドワルド・ハスワークと申します。こちらは近衛(このえ)隊のレオイアドゥール殿です」

自分とディンの紹介を簡単に済ませると、エドワルドは早速本題へと入った。

「リトアード公爵令嬢のご学友であるランセル侯爵令嬢の下へご案内をお願いしたいのです」

「ハーバラさんの下へですか？　それはなぜでしょうか？」

アルヴィスの侍従がランセル侯爵令嬢である彼女に何の用があるのかと、疑問を感じている様子のアネットにエドワルドは事情を説明する。

エリナがこの後ハーバラと約束事をしていたと。学園長の呼び出しとはなっているが、実際はアルヴィスが呼び出したことに等しい。そのため、時間が遅れることのお詫(わ)びをしにいくのだ。

アルヴィスとしては自分で伝えたいだろうが、王太子殿下が学園を闊歩(かっぽ)しては騒ぎになる。その代わりとして侍従であるエドワルドが出向くのだと。

話を伝えると、アネットはクスリと笑った。

「ベルフィアス様らしいですね」

「立場は変わられましたが、あの方はそういう人ですから」

エドワルドはアネットのことを紙面だけではあるが知っていた。アルヴィスが学園に在籍していた頃、最終学年ではクラスメイトだった。学園で過ごすアルヴィスの様子を知っていても不思議はない。

「わかりました。ご案内いたします」

「では私はこれで失礼します。アネット先生、皆様をよろしくお願いしますね」

学園長は職員室へと向かうらしい。そんな学園長と別れて、エドワルドたちは最上級生たちの教室がある校舎へと移動する。

「こちらの教室になります。ハーバラさんを呼んできますので、少々お待ちください」

アネットが教室の扉を開ければ、学生たちがまだ残っているのか外にいてもざわめきが聞こえてくる。アネットはさほど時間が経(た)たないうちに戻ってきた、その横に一人の令嬢を連れて。

プラチナブロンドの髪と紫色の瞳。エドワルドにはどこか見覚えのある色でもある。

「ハーバラさん、こちらが先ほどお話しした王太子殿下の侍従の方と護衛の方です」

「ありがとう存じます、アネット先生」

アネットにお礼を伝えると、彼女はエドワルドたちに向き直り腰を折る。

「ハーバラ・フォン・ランセルですわ。ハスワーク卿と、そちらの近衛の方はレオイアドゥール卿でございますわね」

「はい、アルヴィス様の侍従をしておりますエドワルド・ハスワークです」

「近衛のディン・フォン・レオイアドゥールです」

エドワルドのことだけでなく、ディンのことまで知っているとは思わなかった。だが、ディンは顔色一つ変えずに挨拶をする。

「エリナ様が呼び出された件でお話ということでしたが、ハスワーク卿がいらっしゃるということは王太子殿下が関わっておられるということですのね」

「はい」

エドワルドがいるのだから、アルヴィスが無関係なはずはない。ここにエドワルドがいるのは、アルヴィスの代理の意味もある。

「ランセル侯爵令嬢、我が主からの言伝てをお伝えいたします」

「王太子殿下からの、ですの?」

「本日、リトアード公爵令嬢との時間に割り込んだことをお詫びしますと」

言葉を預かったわけではないが、アルヴィスが言いたいことはわかっている。ハーバラへと伝えると、彼女は少しだけ考える素振りを見せる。どうしたのかと、様子をうかがっているとハーバラはにっこりと笑みを浮かべた。

「つかぬことをお伺いいたしますが、この後王太子殿下はどうなさるおつもりですの?」

「お話が終われば帰城なされます」

まだ王城でアルヴィスがやるべき仕事は残っている。やむを得ない公務が入ったことで、忙しい毎日を過ごしているのだ。国境から戻ってきてから、十分に休んでいないことはエドワルドも気になっている。本当に無理だと判断すれば、エドワルドが止める。まだそこまでの状況ではないにしろ、多少の骨休めは必要だろう。

エドワルドの胸の内を知らないハーバラは、はぁと溜息をついた。

「本当に真面目な方ですのね。ですが、ご存じですの?」

「何を、でしょうか?」

問い返せば、さらに呆れたような顔をされる。まだ初対面に近い年下の令嬢にここまでの表情をされるのは不本意だ。しかしエドワルドは侍従であり、相手は侯爵令嬢。得意の笑みを張り付けて対応するしかない。

「エリナ様はとてもご心配されていたのですよ。王太子殿下がマラーナ王女に襲われたという話を聞いた時に」

「……」

「表面上は大丈夫だと笑みを作って気丈に振る舞っておられましたが、不安でないはずがありません。そして今エリナ様はやっと王太子殿下と会うことが出来た。それがエリナ様にとってどれほど嬉しいことか……それをハスワーク卿は理解しておられて？」

二の句が継げないとはこういう状況なのか。間違いなくエドワルドは責められている。その理由は何となく理解できるものの、エドワルドにはどうしようもないことだ。

「私の用事など明日でも出来ることです。それに比べて、王太子殿下は多忙であらせられます。どちらを優先すべきかなどということは、子どもでもわかることですわ」

「……仰りたいことは理解できます。しかし、それはまた別の話です。先に約束していたことを反故にしてまで、我が主は我を押しとおすことはなさいません」

身分云々を抜きにしてもアルヴィスがそれを望まないことをエドワルドは知っている。誰を優先するのかではない。そのための予定であり、約束なのだから。

「主従はよく似ると申しますけれど、ハスワーク卿も真面目なお方ですのね……わかりました。では私が直接お話ししますわ。案内してくださいません？」

「それは――」

「それが私との時間に割り込んだ謝罪の代わりということで」

先に割り込んだのはアルヴィスだが、その礼として話をさせてほしいということらしい。エドワルドは、困ったように笑った。この令嬢をエドワルドでは引き留めることは出来なそうだと。

それに、ハーバラがやりたいことも何となくわかってきた。一日だけでも、アルヴィスにとって健やかな時間を作れるのならば、彼女に乗せられるのも悪くない。

「承知いたしました」

元同級生からの視線

現在、王立学園の教師の一人として任を全うしているアネット・フォン・ビーンズは、れっきとした子爵家令嬢である。数日後には二十一歳となるが、当然嫁入り予定はない。

通常、貴族令嬢は十代のうちに結婚してしまうのが普通だからだ。アネットは既に二十歳。結婚適齢期を過ぎたアネットを嫁にと望む家があるわけもなく、こうして教鞭を執るに至っている。

そんなアネットだが、学生を相手にした教師生活に不満はない。寧ろ、充実した日々を送っているといえるだろう。元々、勉学が好きだったアネットにとっては天職だったともいえる。

アネットの担当は礼儀作法・ダンス、そして基礎学力だ。特にダンスは全学生を見ている。そのこともあり、アネットは昨年の騒動の中心人物である学生たちのことも知っていた。

創立記念パーティーで起きた騒動。その結果、ジラルドを含む騒動の当事者たちは学園を退学。そして、それぞれの家の当主たちが沙汰を下したという。アネットが知っているのは、ジラルドが廃嫡されたことと貴族子息たちが家を出されたということだけだ。件の令嬢がどうなったかは、アネットにはわからない。かの令嬢よりも学園の教師たちには優先しなければならないことがあったので、それどころではなかったといった方が正しい。騒動の当事者たちを婚約者に持つ令嬢たちのケアや、学生たちへのフォローに忙しかったのだ。

だが、今現在で再び婚約者を持っているのは、リトアード公爵令嬢のみ。それ以外の令嬢たちは、婚約というものに忌避感を持っているようにも見えた。家同士の約束事すら守れぬ貴族子息の姿は、彼女たちにとって忘れられないものとして残っているのだろう。

そんなことを思い返していると、アネットから思わず溜息が出てしまった。

「ビーンズ先生、そろそろお着きになられる頃ですよ」

「は、はい。申し訳ありません、ヴォーゲン先生」

突然横から声をかけられて、アネットは背筋を伸ばした。隣にいる老紳士は、ヴォーゲン・ライナー教師。学園の長老的な存在で、学生時代の恩師の一人でもあった。そんなヴォーゲンから「先生」と呼ばれるのは数年経った今でも慣れない。

「緊張しておられるのかな?」

「そう、かもしれません」

「王太子殿下とは久方ぶりですからな」

ヴォーゲンと二人でここにいるのも緊張するが、更に輪をかけて緊張に拍車をかけていることがある。それは、これからアネットが出迎える人物、アルヴィス・ルベリア・ベルフィアス王太子殿下。王国の名を持つその人は、学園在籍時アネットの同級生の一人でもあった。同じ教室で学んでいた当時、彼の名前にはなかったその名。大きく立場が変わってしまった彼だが、アネットにとっては当時から遠い存在ではあった。

アルヴィスという同級生は、公爵家次男でありながらも王弟の息子ということから、他の貴族子息とは違う存在だった。文武両道で、身分も高かった彼は学園内でも目立っていたし、恋慕する女子学生は数知れなかっただろう。

アネットもそんな彼に憧れていた一人だ。身分的にも釣り合わないアネットは見ているだけで十分だったが、中にはアルヴィスにアタックしていく学生たちもいた。その多くが、結婚相手を探していた貴族令嬢たちだ。

アルヴィスは次男、家を継ぐことはない。しかし、王位継承権を持つ王族の一人でもある。彼を婿に迎えれば、中央にもそれなりの影響力を与える場所にいられると考える者がいてもおかしくはない。ベルフィアス公爵は当然として、その子どもには王家の血筋を受け継ぐことになるのだから。そんな所謂（いわゆる）、優良物件であるアルヴィスの下には婿に迎えたいという貴族令嬢が群がっていた。アネットにはそこに割り込む勇気はなく、ただ見物していただけである。

最も有力視されていたのが、アムール侯爵家のご令嬢だった。武闘の名門であるアムール侯爵家出身ということもあり、その令嬢の剣技は男子学生よりも優れていた。彼女に勝ったことがある学生は、アネットが知る限りではいない。アルヴィスとも引き分けていたほどだ。同じく剣技に長（た）けている者同士、気が合うのではと思っていた。実際、アムール侯爵令嬢もアルヴィスへと婿入りを打診していたという。

事の成り行きを周囲は見守っていたが、結局彼はどの婚約話を受けることもなく、誰とも付き合わずに騎士団へと入隊してしまった。騎士団に入れば社交界への出入りは少なくなる。もしかするとそのまま独身を貫くのではと、アネットも考えていたところに突然やってきたのが、彼が立太子するという情報だ。更に、かのリトアード公爵令嬢と婚約するという。

　教え子の一人だったリトアード公爵令嬢が婚約することにアネットは安堵（あんど）したが、同時にその相手が憧れていた彼だということで複雑な想（おも）いを抱いたのも事実だった。そもそもアルヴィスがアネットのことを覚えている可能性は低いので、想いを抱くこと自体おこがましいことなのかもしれないが。

　そんなことを考えていると、王家の馬車が到着する。近衛（このえ）隊らに守られながら降りてきた彼を見て、アネットは頬が緩むのを感じていた。

「ベルフィアス様ですね」

「ふむ……お変わりないようで安心ですなぁ」

　身に着けている服装は王族らしいものではあるが、それ以外に変化は見られない。それは近衛隊らとにこやかに話をしている様子からも窺（うかが）える。王族の一員となっても、アルヴィスはベルフィアス公子であった時と変わっていないのだろう。ならば、ジラルドのような権威を振りかざすようなことはしないはずだ。それが、アネットが知る公子としてのアルヴィスの姿なのだから。

　ヴォーゲンと共にアルヴィスたちの下へと出向くと、アネットの顔を見てアルヴィスは表情を変えた。それだけでアネットにとっては十分だった。

アネットらの役割は学園長室へと案内すること。無事に学園長室まで送り届けると、漸く肩の荷が下りる。

慣れた場所への案内。そしてここは学園内だ。問題が起きるはずもないのだが、王太子という立場の人を案内しているというだけで、アネットにとっては重労働にも等しい。加えて、ヴォーゲンとアルヴィスの会話も緊張を強いられるものだった。会話に入ってはいなかったものの、アネットにとっても気にならずにはいられない内容だったのだ。

建国祭が終わった辺りだった、学園にその噂が流れてきたのは。隣国であるマラーナの王女が、王太子であるアルヴィスを襲ったと。アルヴィスは騎士である。そう簡単に後れを取ることはない。だが、相手は隣国の王女。いかにアルヴィスといえども、王女相手に剣を振るうことは出来ないだろう。ならば襲われても対抗できなかったのだろうか。であれば怪我をした可能性もあるのではと。

この時、一番注目されたのはアルヴィスの婚約者であるエリナだ。周囲から尋ねられると、建国祭が終わる頃に無事な姿を見ているので、怪我はしていないというのがエリナの回答だった。婚約者であるエリナの言葉ならば、そうなのだろうと学園でも噂は直ぐに立ち消えた。

しかし、ヴォーゲンとの話しぶりからエリナへは何も伝えられていなかったのだろう。エリナは婚約者として、皆に不安を抱かせないようにと対処した。つまりはそういうことなのだ。そういうところは、ジラルドと婚約していた頃から変わらない。

ヴォーゲンと共に、アルヴィスたちを見送るとアネットは職員室へと戻った。しかし一時間後には、再び学園長室へと呼ばれることになる。学園長からエリナを連れてきてほしいと言われたのだ。ちょうど、学園長室へ向かう頃に終業時間となり講義も終わっている。自主学習などをして残る学生もいるが、外出や寮へ帰る学生もいたりなどその行動はまばらである。だが、エリナは成績優秀者の一人でもあり皆から頼られていた。放課後に、残って友人たちの勉強を見ている姿もよく見かけるほどだ。恐らくは今日も教室に残っていることだろう。

教室へと向かえば、予想した通りハーバラたち友人と話をしているエリナの姿が見えた。学園長が呼んでいることをエリナへと伝えれば、快くついてきてくれる。学園長室に呼ばれることはそう多くないので、エリナも緊張しているように見えた。学園長室で待っているのがアルヴィスだとわかれば、エリナはどうするのだろうか。そんな緊張に似た気持ちを抱きながら、アネットは学園長室へと戻ってきた。

室内に入ると、アルヴィスの姿を見てエリナの動きが止まる。ゆっくりと立ち上がったアルヴィスは、そのままエリナへと近寄った。

その時のアルヴィスの表情を見た時、アネットの方が驚きに動きを止めてしまった。クラスメイトとして過ごした一年間、その間に見てきたアルヴィスのどれとも違う表情だったからだ。少しだけ寂しさを残したような笑み。それを向けられたエリナは、アルヴィスへと手を伸ばしかけた。すぐにひっこめてしまったのは、アネットたちがいるからだろう。

二人の間にある雰囲気は、とてもただの政略で結ばれた関係のようには見えなかった。これはアネットだから言えることかもしれないが、学園在籍時のアルヴィスが令嬢の前で見せるのは、張り付けたような笑みだった。心から笑っているものではない。ずっと見ていたアネットにはわかる。それでもお近づきになりたい令嬢たちには十分だったようだが、それのどれとも違うもの。

アネットはほっとしたような、残念なような気持ちになった。

「……変わっていないと思っていましたが、変わられたのですね」

学園時代のアルヴィスを知っているアネットからすれば、令嬢に手を差し伸べることさえ考えられないものだった。だが、実際にアルヴィスはエリナを自らエスコートし、傍に座らせた。当時では全く考えられない行動だ。同級生の変化にアネットは一人呟くのだった。

ハーバラと名乗る前から、彼女が誰かアルヴィスにはわかっていた。その容姿は見覚えがありすぎるものだからだ。

プラチナブロンドに紫色の瞳。学友だった彼と同じ色を持つ彼女は、友人の妹だ。

「ハーバラ様っ？」

ハーバラが来たことに驚いたエリナは慌てて立ち上がると、彼女の下へと駆け寄った。

「ごめんなさいエリナ様。お二方に連れてきていただきましたの」

「そうなのですか。もしや何か急用でもございましたか？」

「急用と申しますか、エリナ様と王太子殿下にご提案を申し上げようかと思いまして」

ハーバラはエリナにそう伝えると、ソファーに座ったままのアルヴィスの前へとやってきた。

「御前での発言をお許しいただけますか？」

わざわざ許可を取ったことにアルヴィスは困ったように笑った。ここは学園で、公的な場所でもないのだから許可をとる必要はない。それを意図的に行ったとすれば、ハーバラはアルヴィスを試しているのか。それとも……。

「構いませんよ、ランセル嬢」

「では、ご挨拶させていただきます。ランセル侯爵家の長女、ハーバラでございます。王太子殿下には、シオディランの妹と申した方がよろしいかもしれませんが」

「そうかもしれませんね」

アルヴィスはハーバラの言葉に頷（うなず）くと、立ち上がった。そして、左胸に手を当てる。

「知っていると思いますが、アルヴィス・ルベリア・ベルフィアスです。君のことは、エリナからよく聞いていています」

「恐れ多いことにございます」

堂々とした振る舞いは、エリナ同様高位貴族令嬢らしいともいえる。立ったまま話をするわけにもいかないと、アルヴィスはエリナとハーバラに席を勧めた。先ほどまで座っていた場所にアルヴィス。ハーバラとエリナは向かい側だ。

「それで、提案というのは何ですか？」

「はい。実はこの後の予定なのですが、エリナ様との勉強会は明日にすることにいたしました」

アルヴィスは少しだけ眉を寄せる。ハーバラが何を言いたいのかというと、つまりエリナがこの後ハーバラと共にする予定はなくなったということらしい。そして、それをわざわざここで話した。その意図は一つしかない。

「……誰からか何か言われましたか？」

エドワルド辺りからの入れ知恵ではないかと疑ってみるが、ハーバラは口元を押さえながら笑う。

「いいえ、これは私からの提案でございます」

「ハーバラ様、ですが――」

「エリナ様、私たちはいつでも会えますわ。ですが、王太子殿下とは直ぐに会えるわけではありません」

「それはそうですが、それとこれとは別の話です」

エリナが否を唱えると、ハーバラはそれを諭すように話す。

思えばこんな風に貴族令嬢と話をしているエリナを見るのは初めてだ。友人同士という気安さから来ているのかもしれないが、アルヴィスから見ればとても新鮮な光景だった。やがて二人は顔を合わせて内緒話をするかのように声を潜めた。女性同士の会話に関われればろくなことがないのはわかっている。これは二人の間での結論を待つしかないだろう。

「エド」

「はい」

二人が内緒話をしている間に、ハーバラを連れてきたエドワルドを呼ぶ。

「なぜ、ランセル嬢を連れてきた？」

「アルヴィス様の伝言をお話ししましたところ、謝罪と引き換えにこちらへ来ることをご令嬢が願いましたので」

顔色一つ変えずに笑顔で返すエドワルド。割り込んだ謝罪として、アルヴィスたちの下へ連れてくることを望んだ。それが彼女の提案につながるらしい。謝罪と引き換えということならば、彼女の提案は呑まなければならないだろう。だが、今日はこの後アルヴィスも予定がある。それを知らないエドワルドではないはずだ。

「それ以外にも余計な話はしなかったか？」

「余計なお話は一切しておりません」

「余計ではない話はしたということか……」

あくまでエドワルドにとっては余計ではないというだけで、アルヴィスにとっては余計な話をしたということだろう。

「帰還してからまともに休んでおられません。少しはお休みしなければ、またお倒れになりますよ」

「人聞きの悪いことを言うな。あれは倒れたわけじゃないだろ」

強いて言うなら、香のせいだ。働き過ぎというわけでもない。誇張しすぎだろう。アルヴィスは額に手を当てて溜息をつく。

「アルヴィス様、お倒れになったのですか？」

「っ」

ハーバラと話をしていたと思っていたエリナが、いつの間にかこちらを見ていた。冷や汗が伝うのを感じた。先ほど大丈夫だと伝えたばかりだというのに。

エドワルドをちらりと見れば、明後日（あさって）の方向を見ていた。確信犯らしい。

「アルヴィス様」

エリナがじっと見つめてくる。こうしてエリナに見られると、誤魔化すことは出来ないという気がしてくる。アルヴィスは両手の平をエリナへと向けて降参のポーズを取った。

「倒れたわけじゃない。ただ、気分が悪かっただけだ。それも最近の話じゃない」

「建国祭の最中のお話ですね」

「エド……お前」

エドワルドを睨（にら）みつけてしまうが、これは手ひどい裏切りだろう。案の定、エリナは顔色を悪くしてしまった。一方で隣にいるハーバラはというと、何やら楽しそうに微笑（ほほえ）んでいる。

一体どういうことかと考えていれば、パッとエリナは立ち上がりアルヴィスの下へと駆け寄ってきた。

「アルヴィス様、お願いがございます！」

「エリナ？」

「この後、少しだけ私と過ごすお時間をいただけませんか？」

つい先ほどまでエリナはハーバラの提案を断るつもりだったはずだが、どういう風の吹き回しだろうか。アルヴィス自身は提案を呑まなければならないだろうと考えていたので、もちろん異論はない。この後の予定を繰り下げればいい話なのだから。

「それは、構わないが……だがランセル嬢とのことはいいのか？」

「ハーバラ様とは明日またご一緒します」

ちらりとハーバラを見ると、満足そうな様子だ。ついでエドワルドを見たが、こちらはいつもと変わらない表情。だが、口元が少し笑っている。アルヴィスも納得せざるを得なかった。

「まぁいい。心配をさせた俺も悪いんだろう」

「ご自覚していただけたなら、それでいいです」

何もハーバラと結託する必要はない。この場合はエドワルドがハーバラを利用したとも言えるが、エドワルドはアルヴィスに休んでほしかった。そういうことなのだ。何も言わないということはディンも結託しているということか。

「エド、城に知らせを頼む。お前がやったことだ。それくらい対応してくれるだろ?」

「無論です。アンブラ隊長と侍女殿にはお伝えしてまいります」

「ディンもエドに同行を頼む」

「御意」

騎士礼をしてディンとエドワルドが部屋を出て行く。それを見送った後、アルヴィスはハーバラへと声を掛けた。

「ランセル嬢、あまり彼らを乗せないでいただきたい」

「うふふ。申し訳ありません殿下。ですが、私もエリナ様が大好きですので、お互い様ですわ。それに……」

「?」

ハーバラは笑みを消し、真剣な表情へと変えた。その変化にアルヴィスも身構える。

「兄が申しておりました。王太子殿下のためならば、いつでもはせ参じると。根を詰めすぎないようにと」

「そうですか」

根を詰めすぎなのはどちらかと言えば、向こうの方だろう。真面目で気を抜くことを知らない。そんな彼のことを思い出して、アルヴィスは笑う。

「シオは元気にしていますか?」

「手紙でしか様子は知りませんが、恐らくはいまでも堅苦しくやっていることと思います」

妹相手でも変わらぬ態度らしい。それも彼らしいと言えばそれまでだが。

「融通が利かない奴(やつ)ですからね。近いうちに、連絡すると伝えておいてください」

「承知いたしました」

話が終わるとハーバラは学園長室を後にした。

「じゃあ俺たちも行こう」

「え?」

「ここをいつまでも占領しては学園長に申し訳がないから」

学園長業務の邪魔をしているのに等しい。ここにアルヴィスたちがいる限り、学園長は戻って来られないのだ。

「それはそうですね。ですが、どちらへ向かわれるのですか?」

学園を散策するのも悪くないが、学生たちの目が多い場所だ。何かと注目を集めてしまうのは間違いない。ならば、学園の外の方がまだマシだ。

「エリナ、外出許可は取れるか?」

「はい、この時間ならば大丈夫だと思います」

「では許可を頼む。レックス、エリナについて行ってくれ。俺は近衛と門で待つ」

「あ、あぁわかった」

学園の外に出るには許可が必要だった。貴族の令嬢令息が通う学園だ。そうすることが彼らを守ることにもなっている。時間までに寮に戻っていなければ、警備も動くし実家へも連絡されてしまうことになる。実家へ連絡されるのは、多くの学生が嫌うこと。大抵の学生たちはこの決まりを守っているはずだ。何よりも体裁を気にする貴族ならではの方法なのかもしれない。

アルヴィスはレックスとエリナと別れて、一足先に学園の門へと向かった。


許可を取ってきたエリナと合流したアルヴィスは、エリナと共に馬車へと乗り込む。

「アルヴィス様、どちらへ向かわれるのですか?」

「着いてからのお楽しみだな」

アルヴィスが指示を出すと馬車が走り出す。ゆっくりと動く馬車から街並みを覗くと、懐かしい顔を目にした。学生時代によく通っていた店。店先で掃除をしている青年をアルヴィスは知っていた。本当ならば声を掛けたいが、それは無理だろう。今のアルヴィスの立場を考えれば、彼に迷惑が掛かってしまうのだから。首を横に振ると、エリナと目が合う。

「エリナはこの辺りを出歩いたことはあるか?」

「いえ、学園の外を歩いたことはほとんどありません。馬車で往復するばかりで」

初めてアルヴィスと城下を歩いた時も、エリナは珍しそうに周囲を見ていた。だが、学園のすぐそばでさえもほとんど出歩いたことはないという。それはそれで少々過保護な気もするが。

「時間があれば案内をしたいところだが、今日はゆっくり散策するような時間はないか」

そろそろ夕暮れになる頃だ。流石に遅い時間にエリナを連れまわすことは出来ない。寮の門限のことも考えると、学園近郊が良いだろう。

そんな話をしていると馬車が止まる。

「ここは……？」

「まぁ近場でゆっくりというとここしか思い浮かばなかったんだ」

アルヴィスがエリナを連れてきたのは、学園の裏手にある丘だった。ここはいわゆるデートスポット的な場所であり、学生たちは元より学園近郊に住む住人からも人気の場所だ。アルヴィスは勿論、エリナもそのことは知っているらしく目を輝かせていた。

「この場所、ずっと来てみたかったのです」

「それなら良かった。ありきたりではあるが、門限が近いこの時間ならば学生もまばらだろう」

無人というわけにはいかない。ここは王家所有でも何でもない場所なのだから。

それでもなるべく人の目がない場所へと、アルヴィスはエリナの手を引く。少し外れにはなるが、手入れの行き届いていない雑草が生い茂る場所を通りすぎると、目的の場所へと着いた。そして、大木へと近づく。

「エリナ、しっかり摑まっていてくれ」

「えっ？　きゃっ」

アルヴィスはエリナを腕に抱えると、近くにある大木へと飛び上がった。太い幹の上を器用に登り、ちょうどよい幅がある太い枝の上にエリナを下ろす。

「悪い、驚いたか」

「はい……わぁ！」

少しだけ不満そうだったエリナだが、景色を見た途端に目を大きく開けて驚いた。小高い丘の上、そこに立つ木の上ということもあって城下町を見下ろす形となる。夕刻という時間も相まって、夕日が建物を赤く照らしていた。そのままエリナの横に立つと、アルヴィスは木に寄りかかる。

「とても綺麗(きれい)です」

「これが俺たちの住んでいる王都だ。街並みを見下ろせる場所は城にもあるが、それ以外だとここが一番だと俺は思っている」

歩いて見える景色とはまた違った情景に、アルヴィスは懐かしさから笑みを漏らした。

「久しぶりだな、ここも」

「アルヴィス様は……ここに来たことがあるのですか？」

「あぁ。といっても、学生の時だけどな」

「そう、ですか」

少し沈んだような声に、アルヴィスはエリナの方を振り向く。ゴホンっと咳払(せきばら)いが聞こえて、後ろへ視線を向けるとレックスが小指を立てていた。それが意味するところを理解する。恐らくエリナは、アルヴィスが誰か別の女性と来た時のことを思い出していると思ったのだろう。

「エリナ、誤解をしないでほしい。俺はここに誰かと来たことはない」

「えっ？」

驚きに目を開き、アルヴィスを見上げるエリナに苦笑しながら答える。女性は元より、誰かと来たことは一度もないと。

「ではどうして？」

その疑問は尤もだ。一人でここに来る人など、滅多にいない。デートスポットとして有名な場所に、一人で来れば必ず浮いてしまう。そうそう一人で来ることは選ばないだろう。

それでもアルヴィスは来ていた。この景色を見るために。

「……たまにな、息抜きをしたくなった時に来ていたんだ。今よりも遅い時間の時もあった。それこそ夜にも」

「夜、ですか？」

「昼間や夕方は、人が多い。彼らの邪魔はしたくなかったからな」

学園でも目立っていたことはわかっている。そんなアルヴィスが一人で来ていれば声を掛けられたかもしれない。傍に寄られることも嫌だった。そんな時にここを見つけたのだ。夜じゃなくても人が少ないここは、アルヴィスにとって絶好の息抜き場所だった。

「ですが、それは門限が――」

門限を考えれば、夜に来られるはずはない。学園の門は閉まっているし、寮の出入りも警護の人たちが立っているため、抜け出すことも出来ないだろう。困惑しているエリナへ、アルヴィスは肩を竦めた。

「人がいるのは基本的に扉の前。それ以外は見回りしている程度で、同じ場所にいるわけじゃない。何年も通っていれば、大体のパターンは読める。抜け出すことはそう難しくないんだよ」

「抜け出していたのですか？」

「気配を消すのは得意だったからな。バレたことはなかった」

バレていたら問題児となっていたことだろう。実家も含めて大騒ぎになっていた可能性もある。だが、生憎とアルヴィスは優等生のまま卒業をしている。夜中までいたこともあると話せば、後々レックスらから告げ口をされる気がするので黙っていた方がいいだろう。エドワルドが使用人の部屋へ戻った後やっていたことなので、彼に知られると非常にまずい。

昼間でも、ここに登れば人目に映ることはまずない。景色を見に来たのだ。外れにある木の上を見上げる人などいないのだから。

「だから、誰かとこうしてこの場に立つのはエリナが初めてだ」

「っ……私も初めて、です」

「そうか」

エリナが来たことがないのは予想していたことなので、驚くことはない。ジラルドの婚約者であった彼女を他の人が誘うわけがないし、ジラルドが連れてくることもないだろう。

だが、以前に二人で出かけた時の様子を見ると、エリナは他の学生たちが当たり前にしていることに憧れを抱いているように思えた。恐らくは未来の王太子妃、公爵家令嬢という型にはめられて、そこから逸脱するような行動はしてこなかったのだろう。加えて、婚約者がいる令嬢ならばしてもらえている最低限のことさえも、エリナはしてもらえなかった。少しでも喜んでもらえたならいいとアルヴィスはここへと連れてきたのだ。

「それで、エリナはどうして突然もっと一緒にいたいなどと言ったんだ？」

エリナの隣にアルヴィスも腰を下ろした。座れば目線が同じになる。そのままエリナをじっと見れば、エリナは戸惑ったように視線を逸らした。尋問する時は人の目を見る。ハーヴィから教えられたことだが、まさかエリナに使うことになるとは思わなかった。逸らしたということは、無茶を言った自覚はあるということなのだろう。

実際、アルヴィスは予定を変更するために、各所に連絡をする羽目になった。諸々はエドワルドに丸投げをしたので、それほど大したことではないのだが、それでも王太子たるアルヴィスの予定は近衛隊をはじめとして周囲に知らせておかねばならないことなのだ。

「それはその……アルヴィス様がお休みになられていないとお聞きして」

「全く、そのようなことだろうと思ったが」

女性の内緒話には関わらないが、予想は当たっていたようだ。だが、エドワルドが心配していることも事実。特別無理をしているつもりはないが、少なくともエドワルドにはそう映っていたということなのだろうか。

「お怒りになられました？」

王太子妃となるべく教育を受けているエリナが、アルヴィスが予定を変えることで生じる諸々を知らないわけがない。だからこそ、申し訳なさが残っているのだろう。

「いや、呆(あき)れているだけだ」

「申し訳ございません！」

勢いよく頭を下げるエリナに、アルヴィスは首を横に振った。

「そうじゃない。エリナじゃなくて、俺に呆れているだけだ」

「アルヴィス様にですか？」

アルヴィスの話している意味がわからないと、エリナは首を傾(かし)げる。エリナにまで無理をしているとみられていたら、相当まずい状態に違いない。わからないままでいいのだ。

「一旦降りるか」

「はい」

再びエリナを抱き上げると、アルヴィスはそのまま地面へと降り立った。景色は見られなくなり、赤い夕日だけが見える。少しだけ丈の長い草の上に座ると、エリナも倣うように隣に座った。躊躇(ためら)

うこともなくアルヴィスの行動に合わせたエリナに、思わず笑みがこぼれる。

「どうかされましたか?」

「いや、何でもない」

アルヴィスは上着を脱ぐと、上着を敷物代わりのように広げてからエリナを座らせた。

「これではアルヴィス様が」

「気にしなくていいから、そのまま座っていてほしい。制服を汚したら洗うのが大変だからな」

替えなどいくらでもあるだろうが、エリナの服が汚れるというのは避けたい。婚約者としても、騎士としても当然のことだ。

「ありがとうございます」

少しだけ申し訳なさそうにアルヴィスの上着の上にエリナは座った。こうして草の上に座ったことで、城に戻ればエドワルドに怒られそうだが今更だろう。そのままアルヴィスは背中から倒れこんだ。空を見上げれば、夕日の赤と青が混ざりあうところ。赤から闇に変わる瞬間を見るのがアルヴィスは好きだった。

こうして空を見上げたのはいつ振りだろうか。近衛隊の遠征に参加して以来か。それとももっと前だろうか。頬を撫(な)でる風が心地よい。そんなことを考えていると、いつしかアルヴィスはそのまま眠りに落ちて行った。

何もせず景色を見ているだけの時間。こんな風に時間を過ごしたことはない。風の音だけが聞こえて、本当に静かな時間だ。ふと、隣で寝ころんだアルヴィスを見れば、彼は目を閉じていた。

「アルヴィス様?」

「……」

声を掛けるが返事はない。恐る恐る顔を近づけて見れば、すうすうと寝息を立てていた。どうやら眠ってしまったらしい。

「やっぱり疲れていらしたのね」

詳細は知らないが、ハーバラから聞かされたことは間違いではなかったらしい。アルヴィスの侍従であるエドワルドが言っていたのだから、正しくて当然だ。

ハーバラは、アルヴィスと滅多に会えないエリナを案じてくれた。せっかくなのだから、ハーバラよりもアルヴィスを優先しろと言われたのだ。友人との約束があるのに、そのようなことは出来ないと告げれば、お願いという形で諭されてしまった。エドワルドもアルヴィスの体調を気にしているらしいと。

公務も大事だが、身体(からだ)が資本である。倒れてしまっては元も子もない。そうして話をしていると、実際に倒れたという会話が聞こえてきた。だからエリナはハーバラの提案に乗ることを決めたのだが。

「あまり無茶はなさらないでくださいね」

じっと見ているとアルヴィスが身じろぐ。起こしてしまったかと思うが、そうではなかったようでほっと息をつく。エリナはアルヴィスを起こさないようにそっと頭を持ち上げると、己の膝の上へと乗せる。地面よりもいいだろうと思ってのことだ。相変わらずサラサラの髪を手で梳く。

そうしていると、ふとエリナの脳裏に昔読んでいた絵本の内容が浮かんできた。幼い頃、何度も読んでいた絵本。王子様とお姫様のお話だ。この丘は、絵本の中で描かれていたクライマックスのシーンと酷似している場所。王子様がお姫様と、恋人として誓いのキスを交わすところだった。エリナも憧れたことがある。

『これからずっとあなたを愛しつづけます。永遠に』

ジラルドと婚約が決まった後も、いつか叶うことがあるのではと考えていた。実際は、そのようなことなどあり得なかったのだが。絵本のような夢物語など、現実にはないのだから。それでも、憧れていたのだ。

エリナは周囲を見回した。すると、アルヴィスの護衛であるレックスと目が合ってしまった。忘れていたわけではない。アルヴィスに護衛がいるのは当然。エリナでも一人になることはほとんどないのだから。それでも、一部始終を見られていたのかと思うと羞恥に顔が赤くなる。だが、レックスは肩を竦めると周りの護衛たちにも声を掛けて去っていった。否、正確には見えないところに行っただけなのかもしれないがそれだけでも十分だ。

再びアルヴィスへと視線を戻すが、そのまま眠っていた。そのことに安堵しながらも、エリナは覚悟を決める。

「すー、はー」

エリナは深呼吸をすると、そっとアルヴィスへと顔を近づける。これは誓いだと。恋人ではなく婚約者ではあるし、アルヴィスは寝ているけれども。誰にともなく言い訳をしながら、目を閉じ触れる程度のキスを贈った。

すると、いつの間にかエリナの頬に手が添えられていることに気づく。

「え？」

目を開ければ、アルヴィスの瞳も開けられていた。いつ起きたのか。驚きに固まるエリナを見て、アルヴィスは目を細める。

「これじゃあ立場が逆だな」

「あ、えっとこれは」

離れようとしたエリナの頭をアルヴィスが押さえる。そして、ゆっくりと起き上がりながらそのままエリナと唇を重ねた。

友人の息抜きの間で

　創立記念パーティーの打ち合わせで王立学園に来たアルヴィス。その護衛としてレックスも同行していた。レックスにとっても懐かしい学び舎だが、護衛という立場上懐かしんでいる場合ではない。

　学園長の計らいもあり、アルヴィスは婚約者であるエリナと会うことが出来た。学園長室でアルヴィスの顔を見た時のエリナの様子を、微笑ましいと感じたのはレックスだけではないだろう。何というか、年相応の表情というものを見せてもらった。

　エリナという令嬢は、筆頭公爵家のご令嬢ということもあって、常に凛とした態度でいる印象が強い。だが、ここ最近のエリナは、雰囲気が柔らかくなったという。

　レックス自身、エリナのことをきちんと見たのは、アルヴィスの護衛となってからだ。それまでは、ジラルドからの愚痴という形で聞くことが多かった。そのため、以前のエリナがどういった様子だったのかまでは知らない。しかし、アルヴィスの傍にいる時のエリナは柔らかく笑う可愛らしい令嬢である。紅の髪色というのはキツイ印象もあるが、ひとたび笑えばそのようなことは全くない。リリアンという少女のことは知らないものの、エリナのどこが気に入らずにいたのか理解に苦しむくらいには。

アルヴィスの生誕祭の時、エリナがリトアード公爵家の次期当主である兄と共にいるところをレックスは見かけた。どこにでも空気を読めない人間というのはいるもので、その時、エリナに対し娘を側室に売り込むような発言をしていた。誰かと見てみれば、狸(たぬき)侯爵の異名を持つヴィズダム侯爵だった。

　面倒な人間に絡まれているなとは思ったが、エリナは顔色一つ変えずに怯(ひる)むことなく対応していた。婚約破棄の騒動についても遠回しに嫌味を言われていたようだが、それさえも反応することなく、堂々とした振る舞いだった。流石(さすが)が筆頭公爵家のご令嬢。そんな感想さえ持った。尤(もっと)も、そのあとアルヴィスが臥(ふ)せってしまったことで、そちらの印象は薄れてしまったわけだが。

　そんなことを考えていると、アルヴィスから視線で指示を受ける。少し離れるようにと。護衛という役目上、ここから出るわけにはいかない。しかし、婚約者同士の会話を聞いてもよいものなのかは微妙なところだ。もしこれが自分であれば、婚約者との時間を邪魔するなと追い出したい。婚姻が成立するまで、それが許されない友人には同情さえする。尤も、当人は当たり前と考えているのか特に忌避は感じていないようだ。これが子爵家出身であるレックスと公爵家出身のアルヴィスとの育ってきた環境の差ということなのだろう。

　壁と化したレックスたちではあるが、静かな室内なので二人の声もすべてではないにしろ聞こえてくる。エリナはアルヴィスが怪我(けが)をしていないか確かめるように、アルヴィスの頬へと手を添えて顔を覗(のぞ)き込んでいた。大丈夫だと当人は話しているが、レックスは知っている。あれは、きちんと休めていない状態だと。身体は間違いなく疲れているのに、ぐっすり眠れない。その理由は、予定より仕事に遅れが生じている所為だった。

　真面目な性格が災いしてか、アルヴィスは仕事で手を抜くということを知らない。本人が出来てしまうからなのだろうが、すべて自分でやろうとする節がある。実際、アルヴィス一人でやってしまう方が早いこともある。加えて、他の者たちもそれなりに忙しい。それが悪循環となって、結局アルヴィスが抱える羽目になっている。

「ったくいつか倒れるぞ、お前は……」

「レックス、あまり不用意なことを言うな。言葉に出せば真実になりかねん」

「それはそうですけど、あいつ自分が疲れているって自覚がないんですよ」

　共にアルヴィスの護衛として来ている先輩騎士へと愚痴る。先輩の言うことは間違ってはいないが、アルヴィスとの付き合いはレックスの方が長い。近衛隊にいたころは同室だった。同じ生活空間にいたため、他の近衛隊よりアルヴィスについては詳しいと自負している。

「たまにいるでしょう？　突然切れるようにして倒れる奴が。あいつはそういうタイプの人間です」

「……だとしても、私たちにはどうすることもできまい。それとも無理やりにでも休ませるとでもいうのか？」

「それが出来るのなら、ハスワークが既にやっていると思いますけどね」

思わず溜息(ためいき)が出てしまう。その通りなのだ。アルヴィスの侍従であるエドワルドは、城内で誰よりもアルヴィスのことを知っている。幼い頃から主従関係にあったということもあって、エドワルドはアルヴィスに容赦がない。今回のことも勿論(もちろん)気がついているはず。普通ならば、寝室にでも無理やりぶち込むところだ。

しかし、エドワルドは何もしていない。時折眉を寄せながらアルヴィスを見ているところから、やること自体無駄だと思っているのではないだろうか。

「ハスワークが手に負えないってことなのかと」

「どちらにしても、リトアード公爵令嬢の前で倒れるようなことはされないと思うが」

「そこは大丈夫でしょう。ただでさえ心配をさせていることに申し訳なさを感じていますから」

そうだと思っていた。のだが、この発言は予期せぬことで覆されることとなった。

ランセル侯爵令嬢であるハーバラが学園長室を訪れ、アルヴィスとエリナの時間を確保するに至った。

何かしらエドワルドがハーバラへと吹き込んだとアルヴィスは考えているようだが、確かにエドワルドならばやりそうなことだ。それもハーバラへの謝罪と引き換えと言っているのだから、逃げ道を完全にふさいでいる。王太子相手に謝罪ということを持ち込むのもどうかと思うが、アルヴィスは仕方ないくらいにしか考えていなそうだ。

そうしてエリナとの時間を過ごすことになり、アルヴィスの指示で学園近郊の丘へと向かった。

所謂（いわゆる）デートスポットである場所にアルヴィスが向かうとは思わなかったので、内心では驚いていた。だが、それはある意味で裏切られる。アルヴィスが向かったのは、人気（ひとけ）のない場所。さらには、木の上にまで登ってしまった。

レックスたちからは見上げる形になるアルヴィスとエリナ。どうやら夕日を眺めているらしい。在学時代に恋人の一人もいなかった割には、よくこういう場所を知っていたと感心さえしてしまう。木の上で交わされる会話は、レックスたちには届いていない。万が一にでも、二人が落ちることのないようにとじっと見守ってはいる。落ちたとしても、アルヴィスならばエリナを助けることなど造作もないだろうが。

その後しばらくして木の上から降りた二人は、そのまま並んで座った。エリナはアルヴィスの上着の上に座っている。そして、そのままアルヴィスは背中から倒れこんだ。エリナも慌てていないことから、自分から横になったのだろう。

そうしてしばらく見守っていると、エリナが動いた。アルヴィスの顔を覗き込んでいる。だが、アルヴィスはそのまま起き上がることはない。

「どうやら、殿下は寝てしまったようだな」

「みたいですね。何もせずに横になっていれば、眠たくもなりますけど」

基本的にアルヴィスは昼寝の類（たぐい）はしない。夕方なので昼寝と言っていいかはわからないが。エリナの隣で少しはリラックスが出来たのだろうか。どちらにしても、寝ているアルヴィスを起こそうとは思わない。他の近衛隊員たちも同じ考えのようだ。

そんな話をしていると、ちょうどこちらを見ていたエリナと目が合った。レックスと目が合うと、動揺したのか少し挙動不審に見える。

「少しは二人きりにさせてやりましょうか」

エリナへ笑みを向けて頷く。レックスはアルヴィスたちに背を向けて、そこを離れる。完全に離れるわけではない。姿が見えない場所まで移動しただけだ。


その帰り道。エリナを学園まで送り届けると、アルヴィスは王城への帰路に就く。先ほどエリナの前で眠ってしまったようなので、万が一のためにとレックスもアルヴィスの向かい側に座る形で同乗している。窓枠に肘をつきながら、アルヴィスは外を眺めていた。

「アルヴィス」

レックスが声を掛ければ、顔だけをこちらに向ける。そこにはこれまで顔に出ていなかった疲れというものが、如実に現れていた。どうやら、思わず寝入ってしまったことから身体が漸く自覚をしたらしい。レックスはアルヴィスらしいなと思い、思わず吹き出してしまった。そうすれば、気に入らないのかアルヴィスは眉を寄せる。

「おい」

「悪い悪い。眠いなら横になるか？」

「さほど距離があるわけでもないし、寝たところですぐに起きなければならないだろう」

王都の端からの移動にはなるが、何時間もかかる道のりではない。確かにアルヴィスの言う通りだろう。そして恐らくは、疲労を自覚した今ならばそのまま起きない可能性もある。エリナと別れた後で、バツが悪そうな顔をしていたのは不本意ながらもエリナの前で眠ってしまったから。同じ失態を起こすわけにはいかないとでも考えているはずだ。

「お前が寝たらちゃんと抱えて部屋まで連れて行ってやるさ」

「そういう問題じゃない」

呆れたように思いっきり溜息をつかれた。アルヴィスを抱えたことはある。あまり嬉しい記憶ではないが、そこそこ身長はあるものの細身なので運ぶことなど簡単だ。それを告げると、睨まれそうなのでやめておく。

アルヴィスにとってはレックスの方が羨ましく見えるそうだ。同じような訓練をしていても、筋肉が付きにくい体質のアルヴィスは近衛隊入隊当時から、あまり体格が変わっていない。いや、訓練をしていない今は少し痩せたようにも見える。書類仕事ばかりをしていれば、当然だろう。

「だが、眠いのは本当だろ？　ここ最近、根を詰めすぎなんだ。そんな顔で行けば侍女たちも心配するぜ？」

「わかっている。……さっきは気を抜いてしまっただけだ」

さっきとは、寝入ってしまったことか。確かに珍しいとは思うが、逆に言えばそれだけエリナの存在がアルヴィスにとっては心地よいものとなっている証拠だ。

「全く、あまり無理しすぎるのもどうかと思うぜ」

「無理をしているつもりはない。ただ……どうやら俺も少し焦っているようだ」

「アルヴィス？」

ぽつりと呟いた言葉にレックスは珍しいものを見たと、驚きに目を丸くした。アルヴィスの護衛についてから、今のような愚痴（ではないのかもしれないが）のようなことを聞いたことがなかったからだ。レックスの様子にアルヴィスは苦笑する。

「今更お前に取り繕っても仕方ないだろ。今の状況が嫌なわけではない。ただ、もっとできることがあるんじゃないかと思うことはある」

「今でも十分だろ？」

気休めのつもりはない。レックスは本気でそう思っている。十分だと。実際、アルヴィスの国内の評価は悪くない。実績が少ないため未知数な部分は多いが、期待もされていると言っていいだろう。しかし、アルヴィスは首を横に振った。

「数年以内に伯父上は退位すると宣言されている。俺には、まだ国内さえも把握できていないことが多いというのにな」

だから焦っているのだとアルヴィスは話す。早めに退位するという話は、レックスにも伝わってきていた。まだ真実味を帯びない話なので、何となく軽く流してしまっている。

だが、アルヴィスにとっては違うのだろう。他人事のように感じてしまったことを、レックスは心の中で謝罪した。

「そんな顔をするなよ。レックスを困らせたいわけじゃないんだ。焦っても仕方ないことは理解しているし、出来ることはたかが知れている。だから、これは俺の問題なんだろう。そういう意味では、マラーナの件には感謝しているかもしれない」

「感謝？」

「俺に、本当の意味で自覚させてくれたことをな」

なんのことを言っているのかわからないが、アルヴィスはそれ以上話すことはなかった。

創立記念パーティー

それから二か月後、学園創立記念パーティーの日を迎えた。

学園の一行事ではあるが、昨年のこともあり学園側の力の入りようは例年以上だ。出席者は学生全員だが、主役は今年の卒業生と昨年の卒業生である。

来賓の一人であるアルヴィスは、最早着慣れつつある礼服へと着替える。赤を基調とした色合いは、無論エリナの髪の色と合わせたものだ。学園のパーティーとはいえ、参加者は学園の制服での参加ではない。これも社交の一種だと、パーティーに合った服装を求められるのだ。

社交界ならば、婚約者の色を纏うのは牽制や独占欲を示すもの。今回アルヴィスが来賓にも拘らず、エリナの色を纏っているのは二人の関係を改めて周囲に示すためでもある。

「アルヴィス様、お時間です」

「わかった。今行く」

呼びに来たエドワルドと共に、アルヴィスは部屋を後にする。城から出て向かうのは、本日の主役である今年度卒業生の一人、エリナのところだ。エスコート役が相手の令嬢を迎えに行くのも、貴族の間では常識。その相手が王族であれば、身内に頼むこともあり得ない話ではないが、あくまでなにか事情がある場合の例外的手段である。

そんなことも忘れてしまったのか、昨年ジラルドはエリナを迎えには行かなかった。その上、別の女性をエスコートする始末。今年も同じようにエスコート役を身内が行えば、周囲は疑念を抱くかもしれない。少々神経質気味になっている国王からも、エリナを伴って向かうようにと言われていた。尤も、国王に言われるまでもなくアルヴィスは迎えにいくつもりだったのだが。

馬車がリトアード公爵家へと到着すれば、直ぐに着飾ったエリナが出てくる。水色にところどころ金色が見えるのは、アルヴィスの髪色を意図的に入れているからだ。アルヴィスは王族で多く見られる色である金髪だが、金色を基調とする衣装など目が痛いだけで貴族令嬢が纏う色ではない。王族ですら纏うことはない色なのだ。そのため、相手の色を入れるのならばところどころに装飾として差し色程度に入れることしかできない。どのように入れるのかは、デザインをする職人の腕にかかっている。

派手過ぎずそれでもアルヴィスの色を取り込んだドレスは、エリナにとてもよく似合っていた。パーティーということだが、建国祭の時よりも大人しめに飾り付けられている。学園の行事ということを重視した結果だろう。ドレスも装飾品も用意をしたのはアルヴィスだが、こうして着ている姿を見るのは初めてだ。あまりにも似合っていて、アルヴィスは一瞬声を失った。

「アルヴィス様、お待ちしておりました」

「……あぁ。待たせたな。……よく似合っている」

「ありがとうございます！」

花が綻ぶような笑みを浮かべるエリナへアルヴィスも笑みを返す。

エリナの後ろには、リトアード公爵と夫人が揃っていた。貴族令嬢をエスコートする場合、屋敷に迎えに行けば当然令嬢の両親が出迎えてくれるもの。ある意味お決まりのことだった。だが、アルヴィスがこれをするのは初めてである。令嬢をエスコートするために、屋敷へ迎えに行くことも勿論だが、相手の両親に断りを入れるのもだ。

アルヴィスは、騎士礼を取って二人の正面に立つ。一瞬、リトアード公爵が眉を寄せたことには気づかない振りをした。

「公爵、それに公爵夫人。ご令嬢をお預かりする」

「どうぞよろしくお願いします、殿下」

「お願いいたします」

頭を下げる二人に軽く目礼すると、アルヴィスはエリナへ手を差し出す。重ねられた手を緩く摑むと、そのまま馬車へと連れ立っていった。


リトアード公爵家から学園までは、さほど時間はかからない。緊張しているのか、エリナは馬車の中ではじっと黙ったままだった。学園の目の前まで来たところでアルヴィスは声をかける。

「エリナ、どうかしたのか?」

「あ……いえ、何でもありません」

アルヴィスを見て、エリナは何かを言いかけたものの告げることなく口を閉じる。そこにあるのが遠慮ではないことは、アルヴィスにもわかった。

「ジラルドのことか？」

「っ……」

「思っていることがあるのなら言ってくれればいい。何を言われても、ここには俺しかいない」

「アルヴィス様……」

ジラルドの名に反応したということは、昨年のことだろう。だが、アルヴィスにもそれ以上のことはわからない。エリナが考えていること、思っていることがわかるのはエリナだけなのだ。

「少しだけ、思い出してしまったのです」

「思い出した？」

「昨年、私は一人で学園に向かっていました。会場へも一人で向かいました」

公爵令嬢としての矜持がエリナを会場へと向かわせてくれていた。だが、そこで待っていたのは、ジラルドによるエリナの断罪劇だった。罵倒され、己を否定された場所。今年のパーティー会場も、同じ場所だ。これればかりは仕方ないことだ。エリナも理解しているという。だが、頭で理解できるのと心が受け入れられるのとは違う。

「わかっていても、あそこへ向かうのが不安なのです」

「エリナ……」

「アルヴィス様がジラルド殿下と違うのはわかっています。同じようなことが起こるとは思っていません。ですが、それでもどこかで考えてしまうのです。申し訳、ありません」

謝罪するエリナをアルヴィスはそっと抱き寄せた。いつもならば照れもあってか、身じろぐエリナだが、今回はされるがままアルヴィスの腕の中でじっとしている。エリナの不安が少しでも薄ればいいと、アルヴィスは抱きしめる腕に力を込めた。

「謝る必要はない。君が傷ついたのは、王家の責任でもある。それに……まだ一年だ。身体とは違い、心の傷は簡単に治るものじゃないからな」

「はい……」

どこか自嘲気味に話すアルヴィス。頷いたエリナだったが、アルヴィスの胸の中にいたため、アルヴィスの表情には気づいていなかった。

学園に到着し、馬車が止まった。王家の馬車が止まったことで、学園の正門にいた人々の視線が一斉に集まる。無論、そのことはアルヴィスもエリナも承知の上だ。

アルヴィスが馬車から出てくると、周囲から声が上がる。だが、気にせずアルヴィスは馬車の中にいるエリナへと手を差し出した。

「エリナ、行けるか？」

「はい……」

その手の平にエリナが己のそれを重ねてくる。重ねられた手を握り返すと、アルヴィスは力を込めて手を引いた。突然のことに、エリナはそのままアルヴィスへと倒れこむ。

「あっ」

「大丈夫だ」

悲鳴に似た何かが聞こえた気がするが、アルヴィスは意に介することなくエリナを抱きしめる。戸惑いの中にあるエリナの耳元へと、口を寄せた。

「アルヴィス、さま？」

「昨年とは違う。君の傍(そば)には俺がいる」

そっとエリナを抱く腕に力を込めれば、エリナもアルヴィスの背に手をまわす。エリナが落ち着くまで待っていたいところではあるが、ゆっくりしている時間はない。後ろにも馬車は控えているのだから、アルヴィスたちがここで時間を費やすわけにはいかない。

「行こう」

「はいっ」

先ほどよりも幾分気分が浮上した様子のエリナに苦笑しつつ、アルヴィスはエリナの手を引いた。

アルヴィスは本日の来賓のため、学園に入ったあとはエリナと別行動になる。学生であるエリナはそのまま会場入りをすればいいが、アルヴィスはそういうわけにはいかないのだ。

そこへ一組の男女が近づいてきた。女性はハーバラだ。伴っている男性は、ハーバラの兄であるシオディラン・フォン・ランセル。アルヴィスの友人だった。

「シオ……いや、ランセル卿」

「ご無沙汰をしております、王太子殿下。本日は妹のエスコート役を仰せつかりましたので」

「なるほど……」

アルヴィスも貴族同士の家事情は耳にしている。ランセル侯爵家の令嬢が、例の件の被害者の一人であることも。身内である兄を伴っているのは、相手がいないからだ。現在でも、あの件で婚約破棄された令嬢たちはエリナを除いて新たな婚約をしていない。積極的に相手を探しているという話も聞いていなかった。エリナと同様、まだ傷は癒えていないということなのだろう。

アルヴィスはハーバラへと向き直る。

「先日以来になりますか。お久しぶりです。ランセル嬢」

「はい、お久しぶりでございます、王太子殿下」

控えめな緑色のドレスの裾を持ち上げて、ハーバラは頭を下げる。ドレスは同行しているシオディランの正装と同じ色だ。髪の色といい瞳の色といい、二人は同じ色をまとっていた。誰から見ても兄妹であると間違いようがないほどに。

「これからもエリナを宜しくお願いします」

「とても光栄です。どうか、お任せくださいませ」

ハーバラらが来たのならちょうどいいと、アルヴィスはエリナへチラリと視線を向ける。

「エリナ」

「はい。お久しぶりでございます、ランセル卿」

「こちらこそ久方ぶりですリトアード嬢。……貴女が殿下の婚約者であること、嬉しく思います」

嬉しい。その言葉にアルヴィスは引っ掛かりを覚えて、思わずシオディランへと顔を向ける。

「なぜ、お前が嬉しいんだ？」

「一生結婚しないと思っていた。妹からもとても立派な令嬢だと聞いているし、私もそう思っている。そんな令嬢がお前の相手でよかったと思っただけだが？」

「人のことを言える立場か……」

アルヴィスとシオディランが突然砕けたように話し始めたのを、エリナとハーバラがきょとんとした表情で見ていた。アルヴィスたちからすれば、建前上ああいった挨拶をしただけである。流石に友人といえども、礼儀を忘れてはいけない。以前のように、貴族の息子同士で学生同士ならば多少は目を瞑るだろうが、既に学園を卒業したアルヴィスたちには当てはまらないのだから。

「シオは学園時代の友人なんだ」

「そういえば、そのようなお話をハーバラ様からもお聞きしたことがありました」

「兄上様とご友人とは、王太子殿下は稀有なお方だとお話ししましたわね」

「……」

ハーバラの言葉にアルヴィスは何も言い返せなかった。確かに、シオディランはその怜悧な瞳と笑みを見せないということで冷たく見られがちだ。加えて堅物すぎる性格で、友人は多くない。そのことをハーバラも知っているのだ。

当人のシオディランは呆れたようにハーバラを見ていた。兄妹仲は悪くないようだ。

「ゴホン、シオ頼みがある」

「なんだ？」

「エリナのことを会場まで一緒に連れて行ってもらえないか？」

アルヴィスが会場まで行けないことを伝えれば、シオディランは頷く。もとよりそのつもりでアルヴィスたちのところへ来たらしい。ハーバラに頼まれでもしたのだろうが、それでも助かったことは事実だ。

「じゃあ、ランセル卿。あとは宜しく頼む」

「はい、お任せを」

アルヴィスは傍で二人を見守っていたエリナへ身体を向けた。

「エリナ、また会場でな」

「はい。お待ちしております」

「あぁ」

そっとエリナの頬に触れると、アルヴィスはそのまま学園へと先に入った。この先は近衛隊が同行する。いつもの通り、レックスとディンが付いてきた。

一方、残されたエリナはアルヴィスの姿が見えなくなるまで見送ると、改めてハーバラへと頭を下げる。

「ハーバラ様ありがとうございます」

「私もエリナ様に早く会いたかったですから、お互い様ですわ。それにしても、本当に素敵なドレスですわね。とてもエリナ様にお似合いです」

「ありがとうございます。ハーバラ様もとても素敵です」

にっこりと微笑みあう令嬢同士。ここにいては他の学生たちの邪魔になると、エリナたちは会場へと歩き出す。ハーバラとエリナが隣同士で歩くため、シオディランはまるで二人を守る騎士のように後ろから付き添っていた。


会場に入れば、多くの学生たちの姿が見える。例年よりも参加者が多いこともあるのだろうが。エリナたちは己のクラスメイトらが集まっているテーブルへと合流した。

口々に挨拶を交わし、装いをほめたたえる。そこに男性の入る場所はない。エスコート役をした者たちも、少しばかり距離を取るのが常となっていた。

「皆さん、静粛に」

ざわざわとした声が一斉に止む。これからパーティーが始まる。その合図だ。

壇上に立っているのは、アネットだった。凛とした声が会場へと通る。彼女の視線が学生たちから横へと移動した。そこには、来賓たちが座る場所が用意されている。静まり返る中、アネットの合図で奥から人が出てくる。先頭を歩くのは学園長だ。学園長が登場するのに合わせて、来賓たちが姿を現した。

「あ……」

「王太子殿下ですわね」

「はい」

最後に現れたのは、アルヴィスだった。その背後には近衛隊が控えているので、厳密に言えば最後ではないが。エリナの視線に気づいたアルヴィスは、苦笑する。学生たちの視線を一身に受けるというのは、学園卒業以来のこと。アルヴィス自身も多少の居心地の悪さを感じていた。

「アルヴィス王太子殿下、一言お願いいたします」

「わかりました」

アネットより、その場を譲られてアルヴィスは壇上の中央へと立つ。皆がこちらを見ているのを確認し、アルヴィスはいつもの笑みを張り付けた。

「本日は、お招きありがとうございます。卒業する皆さんはあと少しの学園生活ですね。そして、在学生の皆さんにとってはそんな先輩方との、学生としての最後の交流の場となります」

卒業すれば、大半の学生は貴族社会に属する。そして、成人を迎えるのだ。学生では許されたことも、許されなくなることだろう。己の言動の責任は、己で持たなければならない。それが成人するということなのだから。

「どうか、楽しい一日にしてください」

当たり障りのない言葉を述べて、アルヴィスは下がる。在学時に幹部学生として過ごしていたことから、人前に出て挨拶を述べることには慣れている。だが、今のアルヴィスの言葉はそのまま王家の言葉となってしまう。アルヴィスは昨年のことを一切話題にしなかった。既に終わったことなのだ。改めて蒸し返す必要はない。

来賓席に戻れば、プログラムが進められるのを見守るだけだ。アルヴィスが表に出る必要はない。次の出番は、ダンスまでお預けとなる。時折会場を見渡しながら、アルヴィスは学生たちの言葉に耳を傾けていた。

適度に来賓たちと会話をしながら、アルヴィスは食事を摂っていた。ここにいる来賓たちは学園で教鞭を執っていた元教師たち。アルヴィスが在学中に世話になった教師もいる。学園の今後についてなどの話に花を咲かせているのをアルヴィスは笑みを浮かべながら聞いていた。身分はともかく、彼らから見ればアルヴィスもまだまだ若い。加えて研究者気質というかそういった類の人間の会話に加わると、碌なことがないのをアルヴィスは身をもって知っていた。ならば、聞き役に徹した方が楽なのだ。

そうこうしているうちにダンスの時間となった。

「申し訳ありませんが、少し失礼します」

来賓たちに断りを入れたアルヴィスは席を立つと、その足でエリナの下へと向かう。アルヴィスが歩けば、学生たちはその前を開けて行った。そして学生たちが開いた道は、そのままエリナへと続く。

「エリナ、待たせた」

「アルヴィス様」

アルヴィスが傍に向かえば、頬を赤くしながらも微笑むエリナ。その微笑ましい様子に、アルヴィスの頬も緩む。周囲からの視線は感じているものの、今日は見せつけるために来たのだ。昨年のエリナへの不名誉を払拭するためと言ってもいい。

本来ならばしてはいけないのだろうが、アルヴィスは敢えて右手を胸に当てて腰を少し落としながら左手を差し出した。騎士としてならば膝を折ることも出来るが、王太子という立場にある今は出来ないことだ。

それでもアルヴィスが望んでエリナと共にいることを示すために、王家がエリナを大切にしてい

ることが伝わるようにとできる限りの礼を示した。そのための騎士礼だ。簡易的なものしかできないことは申し訳ないが、エリナには十分に意図は伝わったらしい。瞳をにじませているエリナを見て、アルヴィスは苦笑する。

「踊ってもらえるか？」

「はいっ！　喜んで」

エリナは直ぐにその手を重ねてくれる。エリナをエスコートしながらアルヴィスは中央へと進んだ。他にも踊るペアはいるのだが、中央は譲ってくれているようだ。ならば、お言葉に甘えるべきだろう。そうしているうちに音楽が鳴り出す。足を動かし始めるとエリナもそれに合わせてステップを踏む。こうして、エリナと踊るのは三回目。どれも、婚約者としてペアを務めていた。

今回の創立記念パーティーは学園行事ではあるが、アルヴィスにとっては公務の一つ。それほど思い入れがある行事ではない。だが、エリナにとっては苦い思い出の日として強く頭に残っていることだろう。それを上書きすることまでは出来なくとも、良い思い出を作ったうえでエリナには学園を卒業してもらいたいとアルヴィスは思う。

「相変わらず上手(うま)いな」

「アルヴィス様もですよ」

クスクスと笑うエリナからは、学園に着いた当初の不安そうな影は見えない。少しでも払拭されたならば良かった。

楽しいと思っていれば時間はあっという間に過ぎる。一曲目が終わってしまった。足を止めると、視線を感じてテーブルがある方を向いた。そこにはこちらを見ている数人の令嬢たちの姿。ファーストダンスは婚約者と踊るのが常識だが、その後は自由だ。アルヴィスの生誕祭の時でさえ、エリナと踊った後は他の令嬢たちとも踊ったのだから、今回もそうだろうという期待が令嬢たちからは見える。

「アルヴィス様、その」

勿論、エリナにもそれはわかっているだろう。そして公爵令嬢としてだけでなく、将来の王太子妃としてどう振る舞うべきかも理解できている。淑女の見本として、己を律してきたエリナならばそうするだろうとアルヴィスもわかっていた。だからこそ、アルヴィスは、エリナの腰を己へと寄せる。

「ア、アルヴィス様!?」

「今日は学園の行事でしかない。王太子の婚約者としてではなく、ただの貴族令嬢として俺に付き合ってほしい」

エリナの表情が驚きに変わる。公爵令嬢と言わずに貴族令嬢としたのは、高位貴族の令嬢としてではないただの令嬢エリナとしてという意味だ。

「ですが、皆様アルヴィス様を待っておられます」

「婚約者同士が続けて踊るのは珍しくない。今度は、俺に付き合ってほしい」

建国祭では、エリナがアルヴィスを引き留めた。だから今度はアルヴィスの望みを聞いてほしいという意味だ。エリナもその意味は理解している。

「アルヴィス様……はい！」

本当ならば待っている人がいれば譲るべきなのかもしれない。だが、ここは学園でエリナは主役の卒業生の一人。最後の思い出を作るべき人だ。今日くらいは、エリナを優先しても面と向かって指摘する者はいないだろう。

笑みを浮かべながら踊るエリナに、アルヴィスも微笑んだ。

消沈する令嬢たち

　一方、その様子を外側から見ていた令嬢たちは、肩を落としていた。

「建国祭の時も続けて踊っていらっしゃいましたから、そうかもしれないと思っておりましたけど」

「ですわね……残念ですわ」

　連続して踊ることは相手を独占するという意味を持つ。生誕祭の時は、アルヴィスとエリナは一度だけしか踊らなかった。しかし、建国祭では二回連続して踊っていた。それだけで二人の関係が良好であることは誰にでもわかる。そして今回もそうだった。尤も、そのあとで踊ってもらえる可能性もあるのだが、そのことよりも続けて踊るということの方が令嬢たちにとっては大きかった。

「当然ですよ、皆さま」

　そこへ声を上げて入ってきたのは、ハーバラだ。エスコート役のシオディランは傍にいない。既に一曲踊り終わったため、離れたらしい。

「ハーバラ様、どうしてですの？」

「エリナ様は、王太子殿下をとても慕っておられます。それに……」

　ハーバラが視線をエリナとアルヴィスへ向ければ、自然と令嬢たちもそれに倣う。中央で踊る二人は、終始お互いを見ながら微笑んでいた。誰が見ても、政略だけでつながった婚約者同士には見えないだろう。

「あの王太子殿下があのような表情をなさるのは、初めて見ました。妹君と踊られた時も、微笑んではいましたけれど」

「あの時も確かに素敵でしたわね」

「そうでしたわね。いつも穏やかな表情をされている方ですけれど、今ほどではありませんでしたものね」

騎士としてあった頃も、アルヴィスはある意味で有名な人物だった。表に出てこなくとも、騎士として働く姿を目にしたことのある令嬢は少なくない。普段の様子を知っているからこそ、その違いはよくわかるというものだ。

「あのような殿下を見ることができるのも、エリナ様と踊っているからですよ」

「それは……そう、ですわね」

自分たちと踊ったところで、いつもの社交辞令的な笑みしか向けてもらえないことは令嬢たちにもわかっていた。令嬢たちの中には、将来の側妃になりたいという想いがないわけではない。ここで印象付けておけば、その道が開かれるという可能性もあるからだ。

しかし、目の前の二人の様子は皆が見ている。その中に割って入る勇気はここにいる令嬢たちにはなかった。何よりも、エリナが同じ学生として、公爵令嬢として、女性として優れている人物であることを知っているのだから。

そんな様子の令嬢たちを見て、ハーバラはホッと安堵の息をついた。

「せっかくのパーティーなのです。水を差すのは野暮というものですわ」

「……お前がそこまでしなくとも、あいつはリトアード公爵令嬢を離さないだろうがな」

離れていたはずのシオディランがいつの間にか近づいてきていた。視線をエリナたちから逸らすことなく、ハーバラは応える。

「それでは、エリナ様が気に病んでしまうかもしれないでしょう。お兄様は、もう少し女性というものを知った方がいいですわ。未来のお義姉さまに飽きられてしまいますわよ」

「……お前も大概外見詐欺だ」

「失礼ですわね」

物事をはっきりという女性は、一般的に男性には好まれない。ハーバラとてとっくに理解していることだ。それでも自分を偽ることはしたくないと、ハーバラは思う。結婚できなければそれでいいとも。今は、同じ事件で傷ついた友人が幸せになるのを見守るだけでいいと。

「……エリナ様を傷つけたら、たとえ王太子殿下でも容赦しませんからね」

「全く」

溜息をつくシオディランにしか、ハーバラの呟きは聞こえていなかった。

三回ほど踊ったところで、エリナとアルヴィスはその場から下がった。その手は繋がれたまま、軽食が置かれているテーブルまでやってくると、ちょうどそこはアルヴィスの妹であるラナリスらがいる場所だった。ラナリスのエスコート役は、兄であるマグリアが務めると聞いていたのだが、傍に姿はない。

アルヴィスたちに気が付いたラナリスは、共に話をしていた令嬢たちに断りを入れると、こちらへとやってきた。

「久しぶりだな、ラナ」

「お久しぶりです、アルお兄様」

ここは学園内。本来ならば、公爵令嬢と王太子としての立場で話をしなければならないが、公的な場ではないので不要だ。だから、アルヴィスは兄として声をかけたのである。声をかけられたラナリスは、嬉しそうに笑みを浮かべた。

「エリナ様もこうしてお話しするのはお久しぶりですね」

「そうですね。お久しぶりです、ラナリス様」

同じ学園内にいるエリナとラナリス。だが、学年が違えば話をする機会などほとんどない。精々すれ違う程度だろう。会話をするのが久しぶりでも当然と言える。

とはいえ、こうして二人で話をしている姿をアルヴィスが見るのは、意外にも初めてだった。

「今日の装いも素敵です。お兄様の色がエリナ様にはとてもお似合いです」

わざわざアルヴィスの色というのを強調しなくてもいいだろう。ラナリスに内心で呆れつつもアルヴィスは表情には出さないよう気を付けた。

「ありがとうございます。ラナリス様にそう言っていただけると、嬉しく思います。ラナリス様も、とても素敵ですね」

「ありがとうございます、エリナ様」

薄紫色のドレスに身を包んだラナリスと笑い合うエリナの姿に、アルヴィスは微笑ましい視線を向ける。ラナリスがこの色を選んだのは、パートナーがマグリアだからだろう。身内がエスコート役の場合、色を合わせてくるパートナーは多くない。合わせた方が見栄えはするというだけで、それ以上の意味はないからだ。

「ラナ、兄上は？」

「マグリアお兄様なら、一度だけ踊ったあと先生方のところへ行ってしまいました。お義姉さまのご友人の妹さんを捜しにいくと仰っていましたが」

「義姉上の？」

マグリアは勿論、妻のミントも貴族令嬢なので学園の卒業生だ。教師陣に知り合いがいるのは当然である。だが、友人の妹となれば範囲は狭まる。貴族令嬢で若くして教職についている者はほとんどいない。アルヴィスが知る中では一人だけだった。

「ビーンズ嬢か……」

意外だという声でラナリスが目を丸くしていた。知っていたというよりは、偶然知ることになっただけなのだが。

「いや。だが、義姉上の友人の妹。更に働いているということは俺と大して変わらない年齢ということになる。同年代で学園の教師をしている人間で思い浮かぶのは彼女しかいないからな」

「まさかとは思いますけど、ビーンズ先生とお兄様は親しいご関係でしたか？」

少しだけ責めるような視線が含まれているのは間違いではないだろう。アルヴィスから女性の名前が出てくること自体が、そう多くはないのだから。

在学時に、女性たちからそういう視線を受けていたことは間違いない。恐らくラナリスもそれは知っているのだろう。だが、アネットがアルヴィスに近づいてきたという事実はなかった。誤解をしている様子のラナリスに、アルヴィスは苦笑しながら話す。

「そういう言い方は、彼女に失礼だ。学生時代のクラスメイトだっただけだ」

「クラスメイト、ですか」

「あぁ。尤も、在学時はさほど会話をした記憶はない。面と向かって会話をしたのは、先日学園を案内された時が初めてと言ってもいいくらいだな」

クラスメイトと言っても、全員と会話をしているわけではなかった。アルヴィスからすれば、当時は女性を避けていたこともあり、アネットとも単なるクラスメイトでしかないのだ。だから、学園で教師として働いていることを知った時は本当に驚いた。向こうは、名前を憶えていることに驚いていたようだが。

「アルお兄様がそうおっしゃるのならそうなのですね。よかったですね、エリナ様」

「ラナリス様……はい、ありがとうございます」

エリナは素直に礼を言う。ラナリスと同様、アルヴィスの言葉を疑ってはいないようだ。信用されているのだろう。

「そういえば、学園でのことを聞くのは初めてです。お兄様は学園でのお話をあまりしてくださらなかったので、ちょっと新鮮に感じました」

「まぁ、わざわざ話すこともないだろ」

「マグリアお兄様は、色々とお話ししてくれましたよ」

ラナリスは学園に入学するにあたって、注意事項も含めてマグリアから色々と教えられたらしい。貴族令嬢として社交界で生き抜くための事前段階といえる場所が学園だ。公爵令嬢だからと、偉ぶっていても皆はついてこない。遜り過ぎてもダメだと。マグリアが学園で実践してきたことをラナリスへと教え込んだらしい。その話を聞いて、アルヴィスは額に手を当ててしまった。

マグリアは、見た目は好青年。少し堅物なところはあるが教師受けもよく、外面も完璧だ。だが、中身は決してそうではない。腹黒い部分が多いことを、弟であるアルヴィスはよく知っている。それをラナリスにはやってもらいたくはないのだが。

「……兄上を参考にするのは、ほどほどにしてほしいが」

「何をほどほどにしてほしいのかな、アルヴィス？」

気配を消しながら後ろから近づいてきたのは、当人である兄のマグリアだった。

眼鏡をクイッと上げながら近づいてきたマグリアは、そのままラナリスの隣へと来ると紳士の礼を取る。

「ご無沙汰しています、エリナ嬢」

「はい。ご無沙汰をしております、マグリア卿」

エリナもドレスの裾を摘まんで腰を落とす。次いでマグリアはアルヴィスの方へと身体を向ける。

「アルヴィスも、久々だ。元気だったか？」

「お久しぶりです兄上。俺は相変わらずですよ」

「そうか」

相変わらずという言葉に、マグリアは仕方ないなと肩を竦めた。マグリアは普段領地にいることが多いが、今はラクウェルの補佐として王都で仕事をしているらしい。

ひと月以上前から王都の屋敷には来ていたが、アルヴィスと顔を合わせることはなかった。アルヴィスの家といえるのは最早ベルフィアス公爵家ではなく、王城だ。帰省という言葉もなくなった今、公爵家に帰ることはない。マグリアらが訪ねてこなければ会う機会はほとんどないのだから。そういう意味では、エリナの方が顔を合わせているのかもしれない。尤も、学園卒業してからもあまり帰っていなかったため、特別変わったということはないのだが。

「板についてきたようだな、アルヴィス」

「兄上？」

「顔つきが変わった。そういう意味では、エリナ嬢。貴女も変わりましたね」

「そう、でしょうか？」

変わったと言われて、アルヴィスとエリナは顔を見合わせる。特段、感じることはない。不思議そうにしていたのがわかったのか、マグリアが笑い声を漏らした。

「意識していないなら別にいい。良い変化だろう。エリナ嬢、これからも弟を頼みます」

「はい。精一杯お支えしたいと思っております」

しっかりと頷いたエリナに、マグリアも満足そうな顔を向ける。それが妙に擽ったくて、アルヴィスは咳払いをした。

「それよりも、兄上。用事は済んだのですか？」

「ん？　あぁ。済んだというか、私も彼女に伝言を届けにいっただけだからな」

彼女への伝言。その相手はアネットで間違いなかったようだ。マグリアの妻であるミントの友人はビーンズ子爵家の長女。そしてその妹がアネットということだ。

「ビーンズ子爵家から再三戻るようにと言われているようだが、彼女はそれを拒否し続けている。このままだと、生涯一人で生きていくことになるのではとご両親が心配されているようだ」

既に令嬢としては結婚適齢期を過ぎているアネットのことを、子爵夫妻が気にして娘に話していたらしい。その話が友人であるミントへ伝わり、ミントがマグリアへお願いをしたということだった。家族からの言葉に耳を貸さないのであれば、別方向から伝えればいいのではないかと。

「マグリアお兄様、ビーンズ先生はおやめになるのですか？」

「いや、そこは彼女次第だろう。だが、ビーンズ子爵令嬢はまだ若い。今ならば、縁談もある。動くならば早いに越したことはない」

このまま教師を続ける道はなくもないが、そのためには理解ある相手を見つけなければならないだろう。しかし、普通に考えれば貴族の妻が働くことはほとんどない。ましてやアネットは労働時間が長い教師だ。反対される可能性が高い。それがわかっているから、アネットも首を縦に振らないのだろう。

「私が強制するわけにはいかないからな、あくまで伝言役だ、今回は。あとの判断は、彼女次第になるだろう」

代理として話をしただけであって、他意はないとマグリアは話す。その点については、アネットにも念押しをしたようだ。でなければ、圧力になってしまう。だから、公的な場ではなく学園のパーティーという場で話をしたのだろう。

「それはそうと、さっきの続きを聞きたいのだがな？」

「続き、ですか？」

「私を参考にしてはいけない理由を、教えてもらおうか？」

腕を組みながらもニコニコとした笑みを浮かべるマグリア。他人からは笑っているようにしか見えないだろうが、家族にはわかる。これは良くないことを考えている時のものだと。

「そういうところですよ、兄上」

「私が笑っているのが気に食わないというのか？　社交界で微笑むのは常識だろ？　それにお前だって大差ない」

「……はぁ」

アルヴィスも社交辞令の笑みを張り付けている。社交界で生き抜くための処世術の一つだからだ。だとしても、男であるマグリアはともかくとして、それをラナリスがするのは違うのではないかとアルヴィスは思う。

「せめて腹黒いところだけは、似てほしくないですが」

「それほど心配しなくとも、ラナリスはお前にそっくりだ。お前ほどひねくれてはいないがな」

「誰の所為ですか……」

苦笑しながらアルヴィスの肩に手を乗せてきたマグリアを、アルヴィスは悪態をつきつつ払いのけるのだった。

ベルフィアス家の長兄と妹

王立学園の創立記念パーティーは、卒業生だけでなく在校生を含め大勢の学生が参加する。学園祭に次いで大きな行事の一つといえるだろう。

今年入学したラナリスにとって、初めての記念パーティーとなる。公的な行事ではないとはいえ、社交の一つだと考えて行動せよというのは父であるラクウェルの言葉だ。社交界デビューしたばかりのラナリスに必要なのは、場数を踏むこと。学生たちばかりなので、気を張る必要はないのだが、程よい緊張感を持てということだろう。

ラナリスに婚約者はいない。そのため、エスコート役は長兄のマグリアにお願いをすることになった。ラナリスとしては、こういう状況でもなければアルヴィスに頼みたかったところだが、もうアルヴィスにラナリスのエスコートを頼むことは出来ない。妹であってもアルヴィスの立場は、王太子。気軽にエスコート役を頼める立場ではないのだから。

そんなラナリスは、学園に向かうためマグリアと共に馬車に乗っていた。

「不満そうだな？」

「そういうわけではありません。それに、お兄様こそお義姉様の下にいたいのではありませんか？」

王都の屋敷ではミントが待っている。育児で大変らしいが、だからこそマグリアもエスコートなどよりミントの傍にいたいのではないかと思う。正確には、息子の傍だろうが。

「そういうわけにもいかない。父上が行かない以上、私が行くのが当然だろう。それに、他に誰がお前をエスコートする？　まさかヴァレリアに頼むつもりか？」

「それができないことくらいわかっています」

パーティーということで、誰かしらエスコート役は必要となる。マグリアとアルヴィスの他に、ベルフィアス家で男兄弟といえば、残るは異母弟であるヴァレリアだけだ。だが、学生でもなく成人もしていない以上エスコート役を頼むことはできない。

ラナリスとてわかっている。しかし、ミントのことだって考えずにはいられないのだ。とはいえ、マグリアにとってはラナリスのエスコート役をするのは決定事項であったようで、それが当然という態度だ。

「全く……お前の気遣いは有り難いが、ここでミントの下に戻ってみろ？　間違いなく、どやされて終わりだ」

そう話しながら溜息をつくマグリア。マグリアとミントの兄夫婦は、政略結婚。政略結婚の場合、夫婦仲が冷めていることも珍しくない。だが、少なくともラナリスから見た兄夫婦はとても仲が良いように見える。初めてミントを紹介された時には、大人しそうな貴族令嬢で、見た目はお堅いマグリアとは気が合いそうには見えなかったのだが。

「お義姉様が出来た方で本当に良かったですね」

「他人事のように言っているが、お前も学園在籍中にそうなることは覚悟しておけよ」

「……わかっています」

学園在籍時に婚約者を決める。それは、父であるラクウェルからも言われていたことだ。多少、気後れを感じてしまうのはやはり昨年の事件が尾を引いているからだろう。

ラナリスにとって、ジラルドという従兄は身内という印象が薄い。どちらかというと、兄に全てを押し付けた迷惑な人ということしか残っていない。加えて、貴族令嬢にとってはある意味で最悪な人物となりつつある。ラナリスの評価もそれと大差なかった。

婚約者を蔑ろにしただけでなく、義務を怠った王族。後者の方が罪は大きいだろうが、令嬢としては蔑ろにされただけでも最悪なことだ。政略であればある程度の冷え切った関係は我慢できるが、結婚前から蔑ろにされ続けては堪ったものではない。よくエリナは耐えていたものだとラナリスは思う。もし、ラナリスであれば文句の一つや二つを言っていたかもしれない。

婚約者の関係に割り込む令嬢も令嬢だが、それを認める男性側にも問題はある。だからこそ、ジラルドを始め関係した令息たちへ罰が科せられたのだから。家同士の婚約という意味を軽く考えすぎていた彼らは、貴族として生きる道を閉ざされた。

そんな彼らと婚約していた令嬢たちは、エリナを除いた全員が未だに婚約を結んでいない。幼い頃に結んだ婚約を破棄されるというのは、想像以上に令嬢たちを傷つけていたのだ。その結果、結婚せずに人生を歩むことが出来ないかという考えを令嬢たちが持ち始めていた。流石に高位貴族では許されないだろうが。それに、全ての子息たちが、例の彼らのようになるというわけではない。逆に、反面教師となってくれるはずである。

考えながら俯いていると、ポンと頭に手を乗っけられた。マグリアだ。

「余計なことを言ったな。悪い。そんなに考えすぎるな。今は、パーティーを楽しむことを考えろ」

「お兄様」

「来賓としてだが、アルヴィスも来るはずだ。今回は、公務ではあるだろうが学園内だけのものなのだから兄妹として話もできるだろう」

マグリアも、ラナリスが一番慕っているのがアルヴィスだということは知っている。同じ母を持つ兄妹。ラナリスにとって、一番特別なのがアルヴィスだ。乗せられているとわかっていても、気分は上がってくる。それと同時に幼い異母妹のことが頭を過った。

「……マグリアお兄様」

「どうした？」

「アルヴィス兄様が、屋敷に来ることは出来ないのでしょうか？」

「ラナリス……」

呆れたように名を呼ぶマグリアに、ラナリスはやはり出来ないかと肩を落とす。ラナリスとて、理解はしている。だが、学園を卒業して以来屋敷に戻ってくるのは年に一回あればいい方だったアルヴィスが、全く帰ってこなくなったことで異母妹は大層寂しがっていた。言葉にすることはないのだが、異母弟もそうだろう。二人は、かれこれ一年半以上会えていないのだから。

「それは出来ないだろう。王太子が移動するなら、近衛が動かなければならん。調整も必要になってくる。ただでさえ忙しいあいつに負担をかけるだけだ」

「そう、ですよね」

今でも忙しく過ごしているアルヴィス。公爵令息としてある程度の下地があったとしても、そう簡単に王になれるわけもない。公務の他に学ぶことも多いと聞く。そのような状況にあるアルヴィスにお願いごとをすることは出来ない。納得できる話だ。

「……アルヴィスの前でそういうことは言うなよ。会わせたいなら、王都に連れてくることを考えればいい。どうせ、直ぐに顔を見ることは出来る」

「え？」

ラナリスは、思わずという表情でマグリアを見上げた。そこには、いつも以上に優しい笑みを浮かべたマグリアの顔がある。あまり見たことのない表情に、ラナリスは驚きを隠せなかった。

そんな視線を無視して、明後日の方を見ながらマグリアは続けた。

「結婚式がある。王太子の結婚だが、身内として参加だけは出来るからな」

「ヴァレリアたちも、ですか？」

「あぁ。今回は、全員を参加させると父上が言っていた。安心しろ」

「はいっ」

生誕祭では、全員が揃うことは出来なかった。話が出来るかはわからないが、異母弟妹がアルヴィスの顔を見ることが出来る。それだけでも嬉しいことだ。この知らせに、ラナリスは満面の笑みで頷くのだった。

創立記念パーティーも終盤に差し掛かり、アルヴィスはエリナの傍を離れる。来賓として用意された席へ戻り、改めて会場を見回した。そこからは、男女で親し気に会話をしたり、令嬢同士、令息同士で固まって団欒したりと学生たちは思い思いの時間を過ごしていることがわかる。昨年のようなことが起きる様子はない。否、昨年がおかしかっただけでこれが本来の姿だ。
他の来賓らと言葉を交わし、アルヴィスはその場から退場した。この後もパーティーは続くが、王家からの来賓であるアルヴィスがいたのでは、学生たちもどこか緊張感を抱かずにはいられないだろう。傍にいるディンに目配せをすれば、近衛隊が動く。アルヴィスがいなくなれば、近衛隊もこの場にいる必要はない。
会場を後にし、用意された馬車へと乗り込もうとすれば、見送るために学園長を始めとした教師たちが整列していた。

「学園長、先生方も」

「王太子殿下、本日はわざわざのご参加ありがとうございました。本当に、感謝いたします」

「私の方こそ楽しませていただきました」

来賓としてだけでなく、エリナと共に過ごす時間も得られた。そして、エリナが友人たちと語らう姿も見ることが出来たのだ。参加するに見合うものは受け取っている。十分に意義がある時間だった。そう伝えれば、学園長も目元に皺を作る。

「殿下も、良き出会いに恵まれたようです。不敬かもしれませんが、私はとても嬉しく思います」

アルヴィスも学園の卒業生だ。更には幹部学生でもあった。学園長との関わりは、他の学生たちよりも多かっただろう。記憶に残っていても不思議ではない。

そして、当時のアルヴィスの状態は決して良いとは言えなかった。当たり障りない程度にやっていたという自負はあるが、特に貴族令嬢に対しては忌避感を抱き、関わりを避けていた節がある。そんなアルヴィスが、婚約者とはいえ貴族令嬢であるエリナと良好な関係を築いているのだ。学園長が何かを感じても仕方ないだろう。

「ありがとうございます、学園長」

「これから先、殿下が征かれる道は険しくなるやもしれませんが、非力ながらも学び舎からお祈り申し上げます」

深々と頭を下げる学園長に、アルヴィスは困ったように苦笑する。更に、学園長に倣うように教師らも頭を下げた。許可しない限り、彼らはこのままだ。居心地の悪さを感じてしまうのは、学園という場所のせいなのかもしれない。

「学園長、そして先生方も……その心に感謝します。では、私はこれで」

いつでも動けるように準備された馬車へと乗り込むと、そのままアルヴィスは学園を後にする。馬車が遠くへ行くのを感じてから、学園長らは頭を上げた。去った先を眩しそうに見つめながら、学園長は溜息をついた。

「……あのお方はどこで間違ってしまったのでしょうね」

「学園長？」

「いえ、なんでもありません。さぁ、もう一仕事しましょうか」


学園から王城へと帰還したアルヴィスは、その足で謁見の間へと向かった。今回のパーティー参加は公務の一種であるため、まずは報告をしなければならない。謁見の間の入り口にいる衛兵がアルヴィスを見るなり、その扉を開けた。

「アルヴィス戻ったのか」

「只今戻りました、陛下」

謁見の間は、公的な場。ここでの身分は、伯父と甥ではない。あくまで国王相手であるので、王太子であっても礼儀は弁えなければならないのだ。

入り口で軽く腕を折って礼をすると、王座の近くまで歩み寄る。そしてその場に膝をついた。

「首尾はどうであった?」

「問題ありません」

問題など起きようはずもない。貴族間では、婚約についての意味を改めて教育している。家同士の約束事を、当事者であろうとも勝手に破棄することは、将来の道が無くなることと同義だ。良くも悪くも貴族として育ってきた彼らが、己の力だけで生きていくのは簡単なことではないのだから。

学生たちも、パーティーを楽しんでいた。トラブルが起きるような様子は見られず、穏やかなパーティーだったと言えるだろう。

「そうか……、同じようなことが続けば学園の品位も落ちる。何事もなくて幸いだった。アルヴィスもご苦労だったな」

「いえ」

ひと安心したのか、国王が王座に座ったまま天を仰ぐ。

「陛下?」

「先ほど、マラーナより通達があった」

マラーナ王国から。大体予想はつくが、思った以上に国王の声が硬い。もしかすると、アルヴィスが考えている以上のことがあったのだろうか。鎮まり返る謁見の間は、国王の次の言葉を待っていた。

「王女は引き渡し後、即日処刑されたようだ」

「即日、ですか」

仮にもカリアンヌは第一王女だ。にもかかわらず何の弁解の機会すら与えずに、葬ったというのか。即日ということは、恐らく王都にさえ帰ることはなかったのだろう。

「……」

「あちらはすべて王女の独断とし、それ以上のことを探られぬように先手を打ったのだろうな」

王族の一人を処刑したのだ。さらにルベリアから詳細を求めることは出来ない。だが、それでも一つだけ確かなことがある。

「やはり、カリアンヌ王女は駒でしかなかったということですね」

「あぁ」

あちらの問題はあちらだけのもの。だが、隣国である以上放っておくわけにはいかない。ここ一か月ほど家の事情ということで城を出ていたアンナが、今日戻ってくることになっている。戻り次第、情報を共有しておく必要がありそうだ。

残された令嬢と妹

アルヴィスが退席するのに合わせて、学園長らも一旦席を外す。その様子を確認しながら、このパーティーも終わりが近いことを知って、エリナは人知れず安堵の息をついた。

もう終わりだ。パーティーは平穏のまま終えることになる。このことに安心しているのは、恐らくエリナだけではないだろう。

最後までアルヴィスが共に参加できないことは、事前に知らされていたことだ。王太子がこの場にいて、同じ場所に立っていられるということは貴族令嬢令息にとって名誉ではあるが、同時に見られているという緊張感も与えてしまう。そう判断し、終盤近くで退席するのだと。

「お兄様がお帰りになられると寂しいですね」

「えぇ、そうですね」

一方で共に談笑していたラナリスは、その顔を曇らせていた。アルヴィスが帰ってしまったことが残念のようだ。

ベルフィアス公爵家の家族事情についてはエリナも詳しくはわかっていないが、ラナリスとアルヴィスは同母ということもありとても仲が良いことは知っている。学園に在籍して王都にいるとはいえ、普段から王城にいるアルヴィスとラナリスが会うことが出来る機会はほとんどないと言っていい。それこそ、ラナリスが王都にある公爵邸に帰宅した時にアルヴィスがベルフィアス公爵家に寄らない限りは。エリナが聞く限り、ここ一年アルヴィスが公爵家に向かったという話は出ていない。久しぶりに顔を見たからなのだろう。ラナリスからはその寂しさがにじみ出ていた。

「ラナリス様」

「エリナ様が羨ましいです」

「えっ？」

悲し気に笑みを浮かべるラナリス。その横顔はどこかアルヴィスに似ているもので、エリナは目を奪われる。

「アルお兄様はご結婚などなさる気がありませんでした。だから、学園に入れば以前よりも近くにいられると思っていたのです。エスコート役はお兄様だと幼少の頃から思っておりましたから」

今回のようなエスコートを必要とする場合も、ついてきてもらえると思っていたようだ。ラナリスに婚約者はいない。ならば、身内にエスコート役を頼む。兄であるアルヴィスならば、喜んで応えただろう。

「それは――」

「エリナ様」

エリナの言葉にかぶせるようにラナリスが名を呼ぶ。後輩として、令嬢としては失礼にあたる行為だがエリナは指摘せずにラナリスと向き合った。

「アルヴィスお兄様を、よろしくお願いいたします」

「ラナリス様」

「お兄様はお優しい方です。ですが、昔……その笑顔がとても怖かった時期がありました。特にお父様を始めとする貴族のお歴々に対するものは普通ではなかったと思います」

「……」

何の話なのか、エリナは理解できなかった。だが、ラナリスの言葉を遮ってはいけない気がして黙ったまま耳を傾ける。周囲に人はおらず、聞いている者もいないようだ。恐らくラナリスは、それをわかっていて話しているのだろう。

「お兄様に何が起きたのか、私は知りません。エドならば知っているのかもしれませんが、きっと私では教えてもらえないのだと思います。私は、妹でしかありませんから。ですが、エリナ様なら……」

「私なら、ですか？」

「はい。エリナ様は、お兄様を大切に想ってくださっている。そうですよね？」

思わず赤面しそうになるのを堪えるように、エリナは頷いた。まだ知らないことは多い。だが、それでもエリナはアルヴィスを想っている。

そんなエリナを見て、ラナリスは嬉しそうに笑う。その顔もアルヴィスによく似ている。男女で、年も離れている兄妹だというのに本当にそっくりなのだなと思わずにいられない。きっと、幼少の頃のアルヴィスは女の子のように可愛らしかったに違いない。

「お兄様もエリナ様を大切にしていることは伝わってきます。ですから、これからもお兄様の傍にずっといてくださいね」

「はい、勿論です」

「ありがとうございます、お義姉様」

ラナリスからさりげなく言われた「お義姉様」呼びに、エリナは思わず照れてしまうのだった。

「それはそうとエリナ様、先ほど出ていたミントお義姉様のご友人の妹さんのお話、少し気になりません？」

「え？」

突然の話題転換である。空気を変えようとしているのかもしれない。驚きつつも、エリナはこれに乗ることにした。それに、ラナリスの言うことにも多少の興味がある。

ラナリスが話しているのは、マグリアが捜していた女性のことだ。アルヴィスはその女性を知っていた。どうやら学園での同級生だったらしい。その女性は、学園の教師でありエリナたちもその講義を受けているため、よく知っている。

「アネット先生に聞いてみませんか？　出来ればお兄様の学園生活のこともお聞きしたいですし。ねっ、エリナ様？」

それが目的だということはエリナにもわかる。無論、エリナとて気にならないわけではない。

まだアルヴィスと婚約を交わして一年。うまくいっていると思っているが、もしアルヴィスが同時期に学園にいたならばと思うことはある。アルヴィスとエリナの年齢差は三歳。叶(かな)わないことだとわかっている。それでも想像してしまうのは仕方のないことではないだろうか。

ちょうどパーティーも終わるころだ。教師としてアネットにも仕事がある。話しかけるのならば一人である今がチャンスだった。エリナはラナリスに目配せをして、連れ立ってアネットの下へと向かった。

「アネット先生」

「エリナさんとラナリスさんではありませんか？　どうかなさいましたか？」

やんわりと微笑(ほほえ)んで出迎えてくれたアネット。一番年齢の近い教師ということもあり、エリナたちにとっては話しやすい教師の一人でもある。

「少しお尋ねしたいことがありまして、先生のお時間を頂きたいのですが宜(よろ)しいですか？　お忙しいなら、また日を改めますので」

「今ならば大丈夫ですよ」

エリナがそう尋ねればチラリと腕にある時計を確認しながら、アネットは承諾する。

普通ならば学年の異なる学生が共にアネットの下に来るなど不思議に思うだろう。だが、エリナとラナリスには共通点がある。共に公爵家の令嬢であること。そして、王太子であるアルヴィスの関係者という点だ。そこからアネットも何となく尋ねたい内容に気が付いたのかもしれない。

「もしかして、お聞きになりたいのは王太子殿下のことですか？」

「はい」

エリナとラナリスの顔を見ながらアネットが問う。そうだと頷くと、アネットは不思議そうな顔をした。その表情は、今の今まで聞いてこなかったからだろう。学園生活の中で、いくらでも聞くことはできたはずなのだから。それをしなかったのは、アルヴィスと同級生だったという事実をエリナらが知らなかったからだ。理由を告げると、アネットはなるほどと納得したように頷いたのだった。

「エリナさんはあの方の婚約者ですから、お知りになりたいと思っても不思議ではありませんね。ですが、そうですね……少し、で終わるような話ではなくなりそうなので明日に別途時間を設けませんか？」

軽い世間話のような形で、どのように過ごしていたのかを知れれば良かったのだが、アネットはきちんと話をするつもりのようだ。この提案は、エリナたちにとっては願ってもないことである。

明日は、一日学園が休校だ。といっても休みなのは学生だけで、パーティーの片付けをする教師らに休みはない。アネットも同様のはずだが。

「私たちは構わないのですが、先生はお忙しいのではありませんか？」

「うふふ。大丈夫ですよ。力仕事は殿方にお任せしますし、お二人とお話しするくらいならば時間も取れますから」

当然、一日中話をしているわけではない。合間の時間をエリナたちのために使ってくれるということだろう。講義がないならば、エリナたち側がアネットに合わせることも出来る。

「ありがとうございます、アネット先生」

「ありがとうございます！」

こうして明日、改めて話をしてもらえることになった。

その翌日。アネットからの連絡を受けたエリナとラナリスは、ダンス練習室にある準備室へと来ていた。準備室ではあるが、応接室のようにソファーが用意されている。打ち合わせや相談などができるようにという配慮らしい。尤もこのような仕組みはダンス練習室だけでなく、他の実技用教室にはどこでも同じような部屋が用意されていた。

「お待たせしましたね」

ソファーに座って待っていると、アネットがお茶を手にやってきた。学園内は寮ではないため、侍女らを連れてくることは出来ない。そのため、アネットが用意してくれたのだろう。丁寧に淹れたお茶が注がれたカップを目の前に置かれた。

「ありがとうございます。申し訳ありません、先生に用意していただくなんて」

「いいのです。お誘いしたのは私の方ですからね」

にっこりと微笑み、アネットがお茶菓子を用意する。礼儀作法の教師であるアネットは特に仕草が綺麗だ。エリナも気を付けてはいるが、それでも綺麗な所作だと見惚れてしまうことはしばしばだった。

お茶会のようなセッティングをされてはいるが、エリナとラナリスは学生服。アネットはいつもの教壇にいるような服装だ。はたから見れば学生が教師に相談しに来ているようにしか見えないだろう。尤も、それが狙いなのかもしれないが。

「それで、どこからお話しすればいいでしょうかね」

「アネット先生は、兄とクラスメイトだったとお聞きしました。その……義理の姉の友人が先生のお姉さまだったというお話を伺いまして」

「ベルフィアス卿の奥様であるミント様ですね」

「はい」

ミントとアネットの姉はとても仲が良くて、頻繁にやり取りをしているらしい。そこで、学園に行くならばとマグリアに様子を見てくるようにとお願いしたとのことだった。本当のところは違うのだろうが、学生であるエリナたちにそのような話をすることはないだろう。エリナらもそこまでアネットのプライベートに踏み込むつもりはない。

「お兄様は直ぐに先生のことだとお気づきになられていました。ただのクラスメイトだと仰っていましたが」

「うふふ。まさしくその通りですよ。私は、たまたま同じ教室にいた学生でしかありませんから」

「アネット先生？」

たまたま、という言葉がやけに主張されているように感じてエリナは不思議に感じた。

そんなエリナに寂し気な視線を送ってきたアネット。そこには、何か特別な想いがあるのではと思わずにはいられない。

「ですから、私が知っているものはそれほど多くないと思います」

「クラスメイトでも、ですか？」

意外そうなラナリスだが、これは本当のことだ。ただのクラスメイト。講義を受けている姿などは無論知っているし、アルヴィスは学園では有名な人だったのでアネットが聞かずとも噂は耳にする。

「ラナリスさんはご存じだと思うのですが、当時のベルフィアス公子様は特に女性を遠ざけていましたから」

「遠ざけて、ですか？」

当のラナリスは首を傾げる。その様子に、おやっとアネットも驚きを表した。学園でのアルヴィスは、女性を遠ざけていたようではあるが、それはラナリスの知るところではなかったということのようだ。もしかすると、領地にいた時は違ったのかもしれない。

「私が知るお兄様は、それほど女性を避けるようなことはなさっていなかったと思います。確かに露骨な女性からのアピールなどには困っていらっしゃいましたが」

「……そうですか。でしたら、王都に来てからなのかもしれませんね。私がクラスメイトとして過ごしたのは、最終学年のみですのでそれ以前のことは噂程度にしか知りませんから」

「噂、ですか？」

今度はエリナが食いつく。エリナらしくない食いつき方だったのかアネットが微笑ましそうに笑うと、エリナは顔を真っ赤にして居住まいを正した。

「私たちの代では、最も高位な貴族がベルフィアス公子様でした。それも王族に連なる方ですから、扱いとしては先のお方と同等のようなものです」

遠回しに伝えているが、先のお方というのはジラルドのことだ。王族とは言えず、扱いに困るジラルドについて名を呼ばずに表現する貴族はとても多い。要するにジラルドが在籍していた頃と周囲の扱いは似ていたということなのだろう。

「それでいて、身分を笠に着るような方ではありませんでしたから、ご友人はとても多かったように見受けられました。成績も常に首位。本当に模範のようなお方でしたよ。そんな方でしたから、男女問わず学生たちからも慕われておりました」

アネットの話を聞いて、エリナは少しだけ引っ掛かりを覚えた。話を聞く限りでは、友人も多く成績もいい。周囲にも認められていたようだ。

だが、アルヴィスはエリナに言っていた。一人になりたい時もある、と。寮を抜け出して、あの場所で一人で過ごしたことがあると。

「流石はお兄様です！　お兄様はご自分のことを手紙に書いてくださらなかったので、こうして様子を知ることが出来るのはとても嬉しいですわ。お母さまたちにも教えて差し上げないと」

「うふふ、そうですね」

アネットとラナリスが話に花を咲かせているのを見ながら、エリナはその輪に入ることが出来ずにいた。

謁見の間から己の執務室へと戻ったアルヴィスを出迎えてくれたのは、エドワルドだった。

「お帰りなさいませ」

「あぁ」

「騎士団よりこちらをお預かりしました。只今、お茶をお持ちします」

その手に持っていた書類をアルヴィスへと手渡すと、部屋を出て行く。椅子にも座らずに、直ぐ書類へ目を通す。騎士団からエドワルドを通して渡してくるとなると、緊急性が高いものだろう。

「これは報告か」

騎士団から上がってきた報告書。簡潔にまとめられた内容には、リリアンの様子と、影とは別部隊である諜報員が得た情報が記載されていた。

リリアンについては然程大きな問題は起きていないようだ。時たま不満を漏らすことはあるが、リリアンの上官としてついている女性は騎士団詰所内を取り仕切っている人物でとても厳しいことで有名だった。事情が事情ゆえ、信用のおける人物をつけるのがいいと判断した結果である。騎士団時代にはアルヴィスも世話になったことのある人だが、正直にいって苦手な相手だった。ある意味で修道院に行くよりも、リリアンにとって過酷な状況なのかもしれない。

「相変わらず、厳しい人だ」

「アルヴィス様？」

そこへエドワルドが戻ってきた。トレーにはお茶の用意がされている。出て行ったままの状態でいたことを不思議に思ったのだろう。首を傾げていた。

「何故お立ちのままなのですか。座って読めば宜しいのに」

「悪い。さっと目を通すつもりだったんだが、懐かしい人のことを思い出してな」

「……左様でしたか」

カップを置き、紅茶の準備をするエドワルド。それに倣うようにアルヴィスもソファーへと座った。改めて書類へと視線を落とす。

リリアンについては、現状維持で気に留める必要はなさそうだ。既にリリアンには拘束具の一つである錠、拘束錠が首につけられている。泣き言を言おうが、アルヴィス以外に首輪を外すことは出来ない。更に、現状アルヴィスが会いに行く予定もない。今の自分に置かれている状況を受け入れることしか、リリアンには出来ないはずだ。それでいて今なお、反抗することが出来る精神は褒めていいのかもしれない。

次にマラーナについてだ。これについては、アンナとすり合わせをしながら確認をした方が早い。

「エド、アンナは戻ってきているか？」

「アンナですか？　はい、昼頃には帰城したと聞いています。勤務には明日から戻すと」

エドワルドもアンナのことはただの侍女としか思っていない。そのため、この場に呼ぶことは出来ない。だが、耳のいいアンナのことだ。そう時間を置かずに来るだろう。

「そうか。……エド、すまないが少し一人にしてほしい」

「アルヴィス様？」

「状況を整理したい」

ならばこの場にいても構わないのではと言いたそうなエドワルドだが、アルヴィスが理由もなく一人になりたいと告げることはない。それがわかっているからか、エドワルドは言いたい言葉を呑み込んでくれた。

「わかりました。ですが一時間だけです」

「あぁ。ありがとう」

「いえ、では失礼いたします」

深々と頭を下げて部屋を出て行くエドワルドを見送って、アルヴィスはソファーへと背中を預けて天井を仰ぐ。そしてそのまま目を閉じた。

「不用心ですよ、殿下」

声が聞こえてきたので、アルヴィスは目を開く。身体を起こせば、そこには侍女姿のアンナが立っていた。どこから侵入してきたかは、もはや問うことさえ面倒だ。

「無防備になっているつもりはない。もし侵入者がいても返り討ちにする」

「陛下とは違い殿下は剣を扱えますから、その点は心配しておりませんよ。それで、世間話をするために俺を呼んだわけではありませんよね？」

エドワルドにアンナが帰ってきているかは尋ねたが、呼んだ覚えはない。ここでアンナの名前を出せば、向こうからやってくるとは思っていたので間違っているとは言えないが。

「マラーナの方はどうだ。何かわかったか？」

「……そうですね、一応報告書を書きましたが、お読みになった後は処分をお願いしますよ」

口で話すような内容ではないということか。アンナから書類を受け取ったアルヴィスは直ぐに目を通し始めた。同時に、諜報員が集めたという情報と照らし合わせる。

カリアンヌ王女が処刑された後、王国内は少し荒れ始めたようだ。処刑はやりすぎだという王族擁護派と、もはや王制など不要だと唱える革新派。どこかで聞いたような話なのは気のせいなのだろうか。

カリアンヌ王女が持っていた香の出所として疑われたのは、例のロックバード伯爵だった。事実かどうかはともかくとして、疑いの目を向けられた伯爵は、当主を息子に譲り隠居するらしい。

この判断を下したのは、あの宰相。表向きは、これまで国に尽くしてきた功労を称して、南方にある小さな領地を下げ渡すためそこに移り住むということだ。だが、実態は左遷に近いものだろう。政治に関わることの出来ない場所に追いやられてしまうのだから。

「ちなみにですが、この人の企みが何となく見えてきました」

「……それはなんだ？」

「改革ですよ」

改革。その言葉にアルヴィスは険しい表情となる。アンナが言うには、マラーナ王国の国王は全権を宰相に委ねている状態らしい。つまりは、宰相こそがマラーナの最高権力者であるということ。そのような地位を得て何をするつもりなのか。

「国は人のため、人は国のために。腐敗した貴族たちを排除し、新たな秩序を作る。平民がその人権を奪われることのない世界を。恐らくはそれが彼の目的です」

「……」

どこかで聞いたことがあるはずだ。それは、あの時国王から聞かされたジラルドの空想と同じようなことだったから。

平民にも権利を。そして王制をなくした後は、貴族制度さえも排除するのだろう。その先に待つのは、混乱と争いだ。だが、宰相はそれを行おうとしている。多くの血が流れることだろう。その礎としてカリアンヌ王女を処刑したのか。

「王侯貴族が悪となるようなシナリオを考えているのでしょう。尤も、マラーナは元々貴族たちの横暴が目立っていました。そういったクーデターが起きても不思議ではありません。ただ、全ての貴族がそういうわけではありませんけど」

腐敗した貴族もいれば、今なお善良な貴族も存在する。それを見て見ぬ振りをするのだろうか。それとも、宰相の中では違うシナリオが用意されているとでもいうのだろうか。

マラーナ宰相は平民出身。過去に家族が貴族によって殺されたという傷を持っていた。家族を恋人を、そして友人を。最終的に宰相が行き着いた結論が、国を変えるということだったのだろうか。

「とまぁこんな感じです。ルベリアとの交渉は終わりましたし、暫く(しばら)はこちらに手を出すことはしないと思います。ただ」

「国境は暫く注視する必要がある、か」

「はい」

状況は理解できた。これ以上はマラーナ自身の問題であり、こちらから何もすることはない。ルベリア王国へ飛び火しないように、今後も様子見をしていくくらいしかできないだろう。

それ以外にも簡単な報告を済ませるとアンナは部屋を出て行った。残されたアルヴィスはアンナから渡された書類を掌(てのひら)の上で燃やす。これで証拠はない。一息つくと、アルヴィスはソファーの上で横になるのだった。

どれくらいそうしていたか。気が付いた時には、アルヴィスを呼ぶ声が聞こえてきていた。エドワルドの声だ。そう認識した途端、アルヴィスの意識は一気に浮上する。

「アルヴィス様っ」

「エド……」

「全く、眠るならばせめて着替えてからにしてください」

言われて気づく、パーティーから帰ってきて正装のままだったことに。アルヴィスは慌てて上着を脱いだ。

「そういえば、アンブラ隊長からも伝言を預かっております」

「たい、ルークから?」

「はい。明日以降、お時間が取れる時にこちらに伺いたいとのことでした」

「明日以降か……」

直ぐにスケジュールの確認をする。執務室にいる時間帯ならば、いつでも問題はない。かといっていつでもいいということを伝えれば、困るのはルークの方だ。部下であった時ならばいざ知らず、今はアルヴィスが上司となるのだから。

気持ち的には未だルークを隊長と呼んでしまいそうになる。呼び方は、騎士団長からもきつく直すようにと言われていた。でなければ、いつまでも抜けないと。

「明後日の午後一からだな」

「わかりました。そのようにお伝えしておきます」

「頼む」

明日は、式の打ち合わせのため後宮に行く。執務室にいない時間帯の方が多くなってしまうため、避けた方がいいだろうという判断だ。明後日ならば、一日執務室にいるため多少の融通は利くだろう。

「式、か……」

「そういえば、あと二月ですね。エリナ様がご卒業されるまで」

「あぁ」

二か月後、王立学園の卒業式がある。卒業式には、アルヴィスは参列しない予定だ。来賓としてはアルヴィスではなく国王が行く。それは恒例のことだ。よって、卒業式の日も王城で仕事をしているだろう。

卒業式の後、エリナはリトアード公爵家へと戻る。その一週間後には、式を迎えてエリナは王城に住まいを移すのだ。

既に迎える準備は整っている。ドレスなどは当日のお楽しみだと、デザインは知っているものの実物は目にしていない。だが、王妃が満足していたので問題はないのだろう。こまごまとした調整は残っているものの、ほぼ準備は終わっていた。

アルヴィス自身、特に式に対する想いはない。しかし、女性にとっては特別なものだろうし、エリナには憂いを残すような真似(まね)はしたくないと思っていた。

「あっという間ですよ、きっと」

「わかってるさ」

式へ向けて

予定していた午後、時間通りにルークはやってきた。執務室に入るや否や、右手を胸に当てて頭を下げる。正式な挨拶なのだが、ルークにされるとどこかむずがゆく感じてしまうのは、まだ上司だった頃の姿が頭の中に残っているからなのだろう。

「失礼いたします」

「どうぞ、アンブラ隊長」

受け答えをしたのはエドワルドだ。奥へ入るようにルークを促すと、まっすぐアルヴィスがいる机の前に立った。そのまま腕を後ろに組んで背筋を伸ばして、待機の姿勢を取った。

「時間通りですね」

「流石に王太子殿下をお待たせするわけにはいかないからな」

「た……ゴホン、優秀な副隊長にでも急かされましたか？」

またも隊長と言いかけてしまいそうになるのを、咳払いで誤魔化す。勿論ルークにはわかっているだろうが、敢えて指摘することはなく、ただただ苦笑していた。ハーヴィの名前を出さなかったのも、まだ言い慣れていないからだ。未だ近衛隊時代と同じような話し方になってしまうのだけは、許容してもらっている。年下以外には丁寧語が通常だったアルヴィスからすれば、この口調を変えることは難しいのだ。

「多忙な殿下をお待たせするなど言語道断です、と追い出されたな」

「副隊長らしいです」

相も変わらずルークはハーヴィを困らせているようだ。思わず笑いがこぼれる。

「あいつは時間には厳しいからな。まぁそれはいい。さて、本題に入らせてもらうぞ」

「お願いします」

キリッと表情を硬くしたルーク。近衛隊隊長としての顔つきになった。ここからは、ルークは部下でありアルヴィスは上司だ。

「まずは二か月後に行われる慶事についての報告です」

二か月後の慶事、すなわちアルヴィスの結婚式のことだ。王太子の結婚式ということで、国を挙げて行われる行事である。式は大聖堂で行うが、その後大通りを遠回りする形で王城へ向かう予定だ。いわゆる、国民への顔見せの場ということだ。

アルヴィスの姿は立太子の際に国民へと披露しているが、エリナはそうではない。正式に、王族入りを果たしたということを国民へ示さなければならないのだ。

警護をするのは近衛隊。来賓も招くことになるため、来月から徐々に王都の出入りの警備は制限が付けられることになった。不便を強いることにはなるだろうが、背に腹は代えられない。特に警戒をしているのは、聖国関係者とマラーナ王国出身者だ。先の件の影響もあり、マラーナ国からの来賓は招かないことになっている。

ちなみに、帝国からはグレイズが参加する。今回も同伴者はテルミナだ。手紙には、エリナのドレスを楽しみにしていると書いてあった。テルミナの目的はどうやらエリナらしい。そんなことを思い出していると、ルークが胸元から王都の地図を取り出した。

「こちらが当日のコース予定になっています」

赤い線が引いてあるところを行くようだ。大聖堂を出て、ぐるっと王都を回ると大通りに入って王城へ行く。広い道しか行けないため、王都全域に行くわけではない。

「……学園の前を通るのですね」

「リトアード公爵令嬢は元より、殿下もここの卒業生です。顔を見せれば喜ぶ者たちが多いのではと」

「そうですか」

学生時代は学園周辺をよく歩き回っていた。単なる顔見知りから知人、友人たちもいるだろう。一生に一度の慶事なのだから、顔を見せるくらいならばいいのかもしれない。学生時代のアルヴィスを知っている彼らに王太子としての姿を見せるのは、少々気恥ずかしさもあるが。

「あと、騎士団長とも協議した結果なのですが」

「ヘクター団長と？」

アルヴィスらの周囲を警護するのは近衛隊だが、王都内の警備は騎士団の管轄となる。その辺りはルークとヘクターで調整中らしい。詳細は決まり次第、アルヴィスへ報告される。

「えぇ。その内容を陛下に進言しましたところ……今回は、殿下の帯剣を許可することとなりました」

「っ!? いいのですか?」

ルークから告げられた内容に、アルヴィスは驚く。これまでルベリア王族が公式行事の中で帯剣を許されたことは、アルヴィスが知る中では一度もない。剣技に優れた王族が少ないというのも理由の一つなのだろう。

だが、王族が帯剣をするということは、すなわち近衛隊を信用していないというようにも見られかねない。ゆえに、それを許されることがどれほどの例外なのか、アルヴィスは理解していた。

「王太子殿下が近衛隊に所属していたことは周知の事実。その腕前も、我ら近衛隊はよく知っています。信用問題にはなりません。何よりも……お前には剣を持たせるべきだと、俺らが判断した」

「隊長……」

現在、国内の情勢はそれほど悪くない。だが、用心するに越したことはないだろう。

「ゴホン。とはいえ、実用性過ぎるものもどうかということなので、儀式用に多少の装飾やらは施させてもらいますが」

今アルヴィスが所有している剣は、近衛隊所属当時も使用していた剣だ。それではあまりに服装とのバランスが悪過ぎる。見栄えもよくない。そのため礼服や今回アルヴィスが結婚式で身に着けるような服装でも、見劣りしない剣を用意するということだ。

「急遽（きゅうきょ）の準備となりますので、完成は直前になってしまいますがご了承ください」

「わかりました」

急ごしらえだが、使えないものを用意することは出来ない。それでは意味がないからだ。時間がかかっても致し方ないことは、十分にわかっている。

「……こちらからは以上です。殿下からは何かありますか？」

「いえ、ありません」

「では、私はこれで失礼します」

再び胸に右手を当てて頭を下げるルークに、アルヴィスは頷（うなず）いた。頭を上げて踵（きびす）を返そうとすると、ルークが足を止める。

「そうそう、伝言を預かっていた」

「？」

「セーベルンのガルシア隊長からだ」

「セーベルンというと……ホーン卿（きょう）ですか？」

マラーナとの引き渡しの件で世話になった御仁だ。ガルシア・フォン・ホーン元伯爵は、現在も国境にて目を光らせてくれている。既に領主業は引退している身なので、社交界に顔を出す必要はないが、当人はそちらの方が性に合うと言っているらしい。

「あぁ。『我らは遠くで祝杯を上げるゆえ、ご安心なされ』だそうだ」

「卿には負担をかけてしまいますね」

国境の、特にマラーナとの境の要である場所。マラーナの状況が良くない今は、精神的にも負担が大きいことだろう。ルークは頭をガシガシと掻く。

「まぁそれらがあちらの役割でもある。お前が気にする必要はない」

「それはわかってはいるんですが」

アルヴィスが気にしたところで何も出来ないし、何も変わることはない。それにアルヴィスがやることは、他にあるのだ。

「何にせよ、今回ばかりは何事もなく終われるように尽くす。そう言いたかったらしい。当然、近衛隊は勿論、騎士団や他の連中たちも同じ想いだ。ケチなんぞつけさせない。だから、お前もお前がすべきことに集中しろ」

ルークの言う通りだ。アルヴィスにはアルヴィスのやるべきことがある。アルヴィスはその場に立ち上がると、ルークと視線を合わせる。

「……宜しくお願いします」

「あぁ、任せろ」

白い歯を見せながらニカッと笑うルークに、アルヴィスは釣られるように笑った。

記憶の中の卒業式

　王立学園の卒業式。三年間通った学び舎とも今日でお別れである。この後、騎士団への入団が決まっているアルヴィスは、明日には学園の寮から出て騎士団の宿舎へと行く。騎士としての生活が始まるのだ。

　学園の講堂を前にして、アルヴィスはその建物を見上げていた。すると、背後から近づいてくる足音が聞こえてきた。

「さすがのお前も感慨深いか？」

「シオ」

　振り返れば、そこには同じく学園の制服をまとったシオディランの姿があった。アルヴィスの横へと並ぶと、同じように講堂を見上げる。アルヴィスも再び講堂へと意識を向けた。

「あっという間だったと思っていたんだ」

「それはそうだ。特にこの一年は忙しかった。馬鹿どもはうるさいし、お前の周囲も騒がしかったしな」

「それは俺のせいじゃない……」

　シオディランが言うことは間違ってはいないが、好きで騒がしい状況にあったわけじゃない。勝手に付きまとわれていただけだ。

　アルヴィスは今年最上級生だ。すなわち、今日で学園を卒業する。既に十八歳であるアルヴィスは成人しており、法的にもある種の権限を持つ年齢でもあった。本心では、アルヴィスは己の血にまつわるすべての権利を放棄したい。だが、それが許されないことは理解している。その悪あがきの一つとして父であるベルフィアス公爵には伝えていた。結婚はしないということを。

　己の血筋がどういったものかは知っている。ある意味でベルフィアス公爵家に騒動を起こしかねないことも。母には悪いと思うが、もう二度と利用されるのは御免だった。加えて、学園でもそういう目で見てくる令嬢が多く、正直なところ女はもう懲り懲りだ。

「あちらも必死なのだろう。少しでも良い家格を持つ家の子息を見つけるのに。迫られるのが嫌ならば、仮でも何でもいいから恋人の一人でも用意しておくべきだったな」

「仮でも何でも、傍にいるだけで御免だ」

「まぁアルヴィスを見ていると、モテるのも大変だなと思わざるを得ないよな」

　シオディランではない声が届く。講堂から出てきたのは、同じく学園の制服を身に着けた学生だ。ニカッと笑うと幼く見えるが、アルヴィスたちと同じ最上級生である。

「よっ、二人は相変わらず一緒にいるよな。ランセルが一緒に行動するのなんて、アルヴィスくらいだろうけど」

「お前も大概だ、アルスター」

彼はリヒト・アルスター。今はクラスが違うが、入学した当初は同じクラスだったこともあり、アルヴィスとはその頃からの付き合いである。平民であり、特待生枠で入学した彼は成績も優秀だった。

「リヒトは手伝いか？」

「あぁ。まぁこうして小遣い稼ぎが出来るのも最後だからな。先生は渋っていたけど、無理やりやらせてもらった」

特待生は、学費は免除。加えて寮生活も保証される。だが、それも学園内だけの話。ひとたび学園の外に出ればその保証は一切ない。つまり、遊びに行くお金もないということだ。そういった理由から、リヒトは学園でお手伝いのようなことをして、お金を稼いでいた。そんなリヒトのことを馬鹿にするような連中もいる。だがリヒトは、親に頼るしかない子どもとは違うだけだと、逆に馬鹿にしていた。本当にたくましい性格をしている。

「中々いい稼ぎをもらっていたんだけど、それも終わりかと思うと寂しいよな」

「確か、アルスターは研究所に行くのだったか？」

「ん？　あぁ。ただ研究してるだけで給料もらえるなら、行くしかないだろう」

ニヤリと笑ったリヒトに、少しだけ悪寒がしたのは内緒だ。恐らく、シオディランも同様だろう。探求心が強いリヒトは、物事についてどこまでも追究したがる男だった。すべての物事について、理由がないことなど存在しない。必ず意味がある。それがリヒトの弁だ。わからないのならば、わかるまで調べればいい。ある種の天才だろうとアルヴィスは思っていた。

リヒトが研究に没頭せず、試験中に寝るなどということもしないできちんと受けていれば学年首席はリヒトだったに違いない。それでも次席はキープしていたのだから、恐ろしい男だ。

「まぁこれで仕送りも出来るようになるし、俺としちゃあぱっぱと卒業したかったんだけどな」

ようやく解放される。両手を上げて身体を伸ばしたリヒトからはそんな印象を受けた。貴族が多い学園での生活は、大変だっただろう。

「お疲れ様、だなリヒト」

「おう」

晴れやかなリヒトを労うと、爽やかな笑みを浮かべている。そしてアルヴィスに近づいてくると、肩に腕を回してきた。

「リヒト?」

「まぁアルヴィスもだよな。騎士団に行けば、流石に追いかけてくる女も減るだろ」

「あはは……そうだな」

騎士になる令嬢は少ない。というか、アルヴィスの同年ではいない。万が一入団していたとしても、訓練などでそのような暇はないだろう。そういう意味では、アルヴィスもある意味で解放されることになるのかもしれない。

「ここで話をしていていいのかアルヴィス？」

「シオ？」

「そろそろ他の連中も来る。何のために早めに来たのだ」

それはもちろん、令嬢たちに囲まれないためだ。幹部学生であるアルヴィスとシオディランは座席が別なので、講堂の中に入れば令嬢たちと関わらずに済む。そのために、わざわざ時間よりだいぶ早く来たのだ。

「なら俺もついていくかな。あとで女たちに嫌味を言われるのも面倒だし」

「そうだな、行くか」

そうして三人で連れ立って講堂へと入っていった。

卒業式が始まり、アルヴィスたち幹部学生は舞台の右側に用意された席に座っていた。そこへ学園長やその関係者らが登場し反対側にある来賓席に座る中、アルヴィスは一人の来賓を見て息を呑む。今回の王族関係者の出席はアルヴィスの父であるラクウェルだったからだ。

卒業式には、身内が参列することも許されている。中には両親揃って見に来ている学生もいることだろう。だが、アルヴィスは特に両親へ連絡はしていない。卒業式があることは知っているだろうが、日にちを伝えることさえしていなかった。父と目が合ったのは一瞬だったが、アルヴィスは思わず目を逸らしてしまった。

式典のプログラムが進む中、卒業生の挨拶の番となった。卒業生代表として、アルヴィスは父の前に立つ。他の来賓たちが見守る中、アルヴィスはラクウェルへと頭を下げた。来賓らへも礼をすると、答辞を読み上げる。

元々用意してあった文章を読み上げるだけ。だが、アルヴィスは横から視線を感じずにはいられない。いつもならなんとも思わない場だが、今は強い緊張感が襲っていた。読み上げが終わると、盛大な拍手が巻き起こる。アルヴィスは胸元に手を当てて腰折り、そのまま来賓たちの方へと身体を向けると、同じように礼をした。

元の席へ戻ると漸くひと心地ついたように息を吐き出す。その様子を見て隣に座っていたシオディランがアルヴィスを労わった。

「さすがのお前も父君がいると緊張するか」

「来ることを知らなかったんだ」

「私は聞いていたが？」

シオディランの言葉がアルヴィスの思考を止める。知っていたと彼は言った。つまり、意図的にアルヴィスには知らせなかったということだ。

「エドの奴」

「何かしら驚かせたかったのだろう。私たちからすれば、お前がいるのだから王弟殿下が出席されても当然としか思わなかったが」

確かにその通りだ。その通りなのだが、アルヴィスは父が来る可能性を全く考えていなかった。

当然のことなのだから、言わなくてもいい。つまりはそういうことか。エドワルドが意図的に言わなかったとしても、その程度気づいて当然だと。

「はぁ」

「折角の卒業式に溜息とは似合わないことをする。前を向け」

「……わかっている。こういう時は、お前の真面目さを恨みたくなるな」

だがシオディランが正しい。深呼吸をして、アルヴィスは前を見上げた。

式典が終わり、講堂から学生たちが出て行く。これで本当に終わりだ。皆がはけるのを待って、アルヴィスも講堂を出るために立ち上がろうとすると、目の前に影が出来た。見上げれば、そこにはラクウェルが立っている。

「父上」

「久しぶりだな、アルヴィス」

他の来賓は下がったようだが、ラクウェルだけが戻ってきたらしい。まだアルヴィスがここにいることを聞いたのだろう。

「アルヴィス、私は先に行っている」

「あ、あぁ。わかった」

共に残っていたシオディランはラクウェルへと頭を下げると、足早にその場を去った。気を利かせてくれたのだろう。

「彼はランセル侯爵の」

「はい」

「親しい友人がいて何よりだ。お前は、手紙一つすら寄越(よこ)さないからな」

痛いところを突かれた。バツが悪そうにアルヴィスはラクウェルから視線を逸らす。あまり実家と関わりたくなくて、遠ざけていたことなどラクウェルにはお見通しということか。

「エドから聞いたのですか？」

「今日のことは兄上からだ。お前の卒業式なのだから、私が行くべきだとな。もちろん、エドワルドからも頼まれている。お前が卒業する姿を見てほしいと」

本当に余計なことをする。この年齢になってまで別に見てほしいものなどないというのに。だが、きっとそれはアルヴィスを想(おも)うからこそなのだろう。だからこそアルヴィスもエドワルドには何も言えなかった。

ふと、アルヴィスの頭の上にポンと手が乗せられた。反射的にアルヴィスは顔を上げてラクウェルを見上げる。

「父上？」

「卒業おめでとう、アルヴィス」

ラクウェルから卒業を祝う言葉は先ほど聞いた。しかしそれは、卒業生全員へ向けられたもの。だからあえて告げたのだろう。父から息子へと。

「ありがとうございます」

ハッとなり、アルヴィスは身体を起こす。ここはアルヴィスの寝室だ。辺りはまだ薄暗い。起きる時間には幾分早いだろう。

「夢、か」

これまた随分と懐かしい夢を見たものだと、思わず笑ってしまう。学園での自分の卒業式の夢。もう三年前のことだが、随分と遠くに感じる。自分が制服を着ていたことなど、忘れてしまっているほどに。なぜ今更夢など見たのか。

「そうか……今日は卒業式か」

もう日付は変わった。今日は、王立学園の卒業式。エリナが最後の学園生活を送る日である。だからといって、自分の卒業式の夢を見るとは思わなかったが。それだけアルヴィスが意識しているという証拠なのかもしれない。

『神子（みこ）、どうかしたのか？』

ひょいと姿を現したウォズがアルヴィスの膝の上に座る。アルヴィスを見上げる様子から、突然起きたアルヴィスを案じて出てきたようだ。

ウォズはこうして誰も傍にいない時にふらりと姿を見せることが多い。見た目が小動物のようなので、ついつい頭を撫でてしまうがウォズは文句も言わずにされるがままになってくれていた。

「何でもない。ただ、昔の夢を見ただけで」

『そうか。神子を苦しめる夢か？』

ウォズの言葉に撫でていた手を止めて、アルヴィスは首を横に振った。

「いいや。ただ……懐かしい夢だった」

あの頃は、まだ少しだけ両親の気持ちを素直に受け取ることが出来なかった時期だった。卒業式のことも、両親に伝えることなく迎えた。伝えたところで意味はないと考えていたからだ。

「本当に、懐かしかったよ。まさか、こんなことになるとはあの頃は露ほども考えていなかったな」

『神子……』

スルリとアルヴィスの肩へと登ったウォズは、その足をアルヴィスの頬へと伸ばした。その行動にアルヴィスは微笑みを返す。

「昔の話だよ。心配させて悪い」

『我は神子のためにいる。この程度当然だ』

「そうか」

出会ってからウォズは全く変わらない。断言される言葉に安心を感じるのは、きっと気のせいではないだろう。

『日が昇るまでは人は眠るものなのだろう？』

「目が覚めたからな。別に少しくらい寝なくとも構わないさ」

『ふむ。だが、人は睡眠を必要とする生き物。眠るべきだと我は思う』

一日二日寝なくとも仕事に支障をきたすことはない。それに横になったところで、睡魔は襲ってきそうになかった。すると、ウォズは身体を大きくする。

「ウォズ？ってうわっ」

大きな体躯（たいく）のままウォズはアルヴィスをベッドへと押し倒した。そして再び小さくなるとアルヴィスの腕の近くで丸くなる。

「ウォズ？」

『神子が眠るまで我はこうしてここにいる。人は体温を感じると眠くなると聞いたことがある』

それは子どもの頃ならばの話だ。確かに温かいが、アルヴィスは子どもではない。といったところで、眷属（けんぞく）であるウォズには理解してもらえないだろう。仕方なくアルヴィスはそのまま目を閉じた。

そういえば、誰かの体温を感じながら眠るなどいつ以来だろうか。物心ついた時には、一人で寝起きしていたので、誰かとこうして眠ったことなどほとんどない。

『暫（しば）し眠るがいい、神子』

ウォズの声を聞きながらアルヴィスは眠りに落ちて行った。

意外な後押し

その朝のことアルヴィスはいつも通りの時間に目が覚めた。起きた時にはウォズの姿はなかったため、アルヴィスが眠った後で姿を消したのだろう。ベッドから身体を起こそうとすると、扉がコンコンと叩かれた。アルヴィスが許可を出せば、ナリスが寝室へと入ってくる。

「おはようございます、アルヴィス様」

「おはよう」

挨拶を返しながら、アルヴィスはベッドから降りてカーテンを開ける。外は晴天。どうやら天気も祝福をしてくれているようだ。

「良いお天気でございますね」

「あぁ、そうだな」

良い日になればいい。そんなことを思いながら、アルヴィスは支度を始めるのだった。


創立記念パーティーが終わってからの日々はあっという間だった。エリナの花嫁衣装の最終打ち合わせを終えた頃には、王都全体が少しずつ慌ただしい雰囲気を醸し出していたように感じる。アルヴィスの衣装も完成し、あとは結婚式当日を残すのみだ。

「いよいよエリナ様も学園を卒業ですね、アルヴィス様」

「あぁ……」

国王夫妻らとの朝食を終えたあと、私室にやってきたアルヴィスへとナリスがお茶の用意をする。これから執務室で仕事が待っているが、その前に一服しに来たのだ。今日は、朝からティレアらを始めとする侍女たちもどこか落ち着かない様子だった。それは、エリナが今日学園を卒業するからなのだろう。

直接的に何かがあるわけではない。だが、エリナが卒業するということはそれだけ二人の結婚式が迫ってきたということでもある。

「あと一週間で挙式なのですから、本当にこの年になると時間はあっという間に経ってしまうものですね。あのアルヴィス坊ちゃまがご結婚される日をお迎え出来るのがうれしゅうございます」

「大袈裟だな」

本当に嬉しそうに言うものだから、アルヴィスも笑うしかなかった。まだ一週間も先だというのにこの有様ならば、当日を迎えたらどうなるのか。今から不安になってくる。

「だが、一週間後か……エリナの誕生日でもあるが」

そう一週間後のその日は、結婚式であると同時にエリナの誕生日。昨年はアルヴィスに余裕がなかったということもあり、花束とお祝いの手紙を贈っただけだった。尤も、騒動の件もあったので盛大に誰かを招くことはせず、身内だけでお祝いをしたそうだ。身内だけのところに、まだ婚約したばかりのアルヴィスが顔を出せるわけもないので贈り物をするくらいしかできなかったのだが。

今回はそうではないにしろ、自分たちの慶事でもある。昨年の分もアルヴィスとしてはお祝いをしてやりたいが、当日のスケジュール的に余裕はないのが現状だった。

「エリナの誕生日に被せる必要はなかったんじゃないかと思うんだが」

「アルヴィス様がこういう情報に疎いことは存じておりますが、お誕生日にお式を合わせるというのは、同じ女性としてとても羨ましいことでございますよ」

「そういうものなのか？」

世の女性たちにとって、結婚式は人生の一大イベントだ。よほどのことがない限り、離縁することは認められないというのが一因でもあるだろう。更に、男性は複数の妻を持てるが、女性側は生涯一人の夫に尽くすことになる。それだけ結婚式という行事は、女性にとって重大な行事なのだ。

重大なことだからこそ、大事な日に行いたいという女性は多いらしく、その中で一番多いのが誕生日に行うことのようだ。とはいえ、全ての女性がその日に行えるとは限らない。政略結婚ならば尚のことだ。だからこそ、ナリスは羨ましいと言ったのである。

「はい。きっとエリナ様も楽しみにしていらっしゃることと思います」

「そう、だな」

エリナとは学園へ打ち合わせに行った時に会って以来、顔を合わせていない。届く手紙から元気にしていることは知っている。エリナも多忙なアルヴィスを慮（おもんぱか）ってか、何かを要求してくることはない。卒業祝いに何かできればいいのだが。

アルヴィスは立ち上がると、窓際へと向かう。この王城は王都の中心にある。学園とは距離もあるので、ここからその学び舎を拝むことは出来ない。だが、自然と目はその方角を追ってしまっていた。

「少しは顔を出せれば良かったんだがな」

「ならば行ってきてはいかがですか？」

「エド？」

予期せぬ肯定の言葉は、今しがた部屋へと入ってきたエドワルドのものだった。窓からエドワルドへと視線を戻すと、その手には書類の束。今日確認すべきものを持ってきたのだろう。アルヴィスはエドワルドから書類を受け取ろうと手を伸ばす。しかし寸前でエドワルドは身体を引いた。

「何をしているんだ」

「往復で一時間程度です」

エドワルドの行動に対しての言葉はスルーされて、別の回答が返ってきた。往復で一時間。多少話をしてもその程度の時間ならば可能だということを言いたいのだろう。だが、ほかならぬエドワルドが言うことに違和感を覚える。

「……お前何か変なモノでも食べたか？」

「失礼なことをおっしゃらないでください」

通常のエドワルドならば言わないことを言うので、ついつい口に出てしまった。

呆れたように溜息をつくエドワルドだが、自分らしくないことを言っている自覚はあるらしい。

「アルヴィス様も、リトアード公爵令嬢もお立場や義務を優先しておりますから、たまにはご自身を優先しても良いのではと思っただけです」

「いや、俺は――」

「学園の卒業式に、婚約者がお祝いに駆け付けることはよくあることです。アルヴィス様にとってこの婚約は既に義務ではないのでしょう?」

アルヴィスは瞬きをするのも忘れてエドワルドを見返した。

言葉にしたことは一度もない。リティーヌへはそのことを仄めかしたが、それはリティーヌがアルヴィスの過去を知っているからだ。目の前のエドワルドはもとより、ナリスたちもそのことは知らない。それでも、アルヴィスが女性に何らかの忌避感を持っていることは気づいている。

エリナとの婚約も国王からの命令だ。アルヴィスに拒否権はなかった。だがその中においても関係を変えようとしたのは、エリナの方からだった。

受け身だったアルヴィスとは違い、エリナは前向きにこの婚約と向き合おうとしていたのだ。ジラルドとは築けなかった婚約者という関係を、ちゃんと築いていきたいと。その頃のアルヴィスにとっては、ただエリナが願うならば応えることが己の役割で、エリナを傷つけることはしないようにとそれだけを気にしていたように思う。この時点ではただの義務だった。

変化があったのは、アルヴィスが倒れたころだろう。アルヴィスが起き上がれるようになってからだったか。エリナは不安と恐怖から、アルヴィスの傍を離れなかった。いや、アルヴィスだけがそう思っていたと言った方がいいのかもしれない。あの後から、エリナから好意を感じるようになったのだから。

はっきりと意識をしたのは、建国祭の時。好ましいとは思っていた。他の令嬢のように、エリナはアルヴィスに想いを押し付けたりはしない。

多少気を遣いすぎる節はあるが、それはあの件で自信を喪失してしまったことが原因なのだろう。それでもエリナは周囲に流されているわけではない。アルヴィスへもはっきりと想いを告げてくれた。一人の女性としてではなく、貴族令嬢としての責任を背負った上で。

これまでエドワルドがこのようなことを言ってきたことはない。もしかしたら待っていたのだろうか。アルヴィスから告げてくれるのを。そう考えていると、エドワルドが笑う。

「お見通しですよ。貴方様がどう考えているのかなど。どれだけ傍にいると思っているのですか」

「……」

「私は嬉しいのです。学園でどのような目に遭われていたのかを知っていますから」

アルヴィスはエドワルドに言ったことはない。面倒だという程度は伝えていたが、逐一報告するようなことではなかった。いつかは自分から離れていくことになるエドワルドに、余計な心配を掛けたくなかったというのもある。恐らくはそのようなこともすべてお見通しだったのかもしれない。

「アルヴィス様は何もおっしゃらなかった。ですが、黙っていられるほど人間が出来ていませんでしたので、きっちりと報復はさせていただきました」

「……たまに青い顔をしていた令嬢がいたのはそのせいか」

「自業自得でございますよ」

にっこりと笑っているところがまた恐ろしい。もしかしたら、アルヴィスにも見せていない顔があるのではと思ってしまう。少しだけ背中に冷や汗が流れたのは気のせい、だろうか。

「全く……」

額に手を当てながらアルヴィスは首を横に振った。そして、深呼吸をするとエドワルドが抱えていた書類の束を奪い取る。

「アルヴィス様?」

「いずれにしてもやるべきことをやってからだ」

「向かわれるのですね」

「あぁ」

ここまでお膳立てされて行かないという選択肢はない。パラパラと書類を流し見れば、少しの間抜けるくらいは可能だ。

「では近衛(このえ)に」

「それはいい。それほど時間をかけるわけにもいかない」

「ですが」

近衛隊が護衛につくのは当たり前。だが、折角の卒業式にぞろぞろ護衛を引き連れていくのは御免こうむりたい。

「ユアに乗っていく。近衛はいらない。もう一人、護衛はいるからな」

『うむ。我がついておる』

アルヴィスの肩に姿を見せたのは、ウォズだ。突然現れたので悲鳴を上げそうになっている侍女たちだが、エドワルドは見慣れたのか呆れ顔だった。

「事前に仰ってくれるだけマシなのでしょうね」

「悪い。今日は一人で行かせてくれ」

王都内とはいえ、一人で出歩くことが許されない立場であることを理解していないわけではない。だから、今日だけは許してほしい。だがその判断を下すのはエドワルドではなく、近衛隊の隊長であるルークだ。今日ルークは国王に同行しており、王城にはいない。次に判断を下せるのはハーヴィだった。

「説得はご自身でしてください。私は反対することしかできません」

エドワルドの立場上、許容は出来ない。それでこそエドワルドだ。これも許されては本当にどうしたのかと思ってしまう。

「わかった。後で行ってくる」

「後でですか……」

「事前に言えば止められるからな」

出る直前に伝える。黙っていくことと何ら変わらないとエドワルドは項垂(うなだ)れた。それでもここにいる皆には伝えているのだから、以前城下にエリナと二人で降りた時よりはマシだろう。

「エド、執務室へ向かう」

「……承知しました」

令嬢たちの卒業式

とうとうこの日が来た。というか漸くこの日を迎えることが出来たというべきか。目まぐるしく過ごした三年間の学園生活最後の日をエリナは迎えていた。

今日は、王立学園の卒業式の日なのだ。

昨年の学園生活は、エリナ自身楽しいと心から思えるようなものではなかっただろう。だが、今年は違うものとなったことに深い感慨を覚える。

王城へ教育という名目で向かうこともあったが、最後の一年ということで学園生活を優先することになったのも大きいだろう。学園内での交友関係は、卒業後も大きな力となる。特に、卒業後に程なく結婚をして王太子妃となるエリナにとっては。

「いよいよ卒業式ですのね」

「そうですね。卒業は嬉しいことですが、ハーバラ様を始めとした皆さまとお別れするのは少し寂しいです」

卒業後の令嬢たちの選択肢は然程多くない。中には王城へ勤める道を選ぶ者もいるが、多くは領地へと帰還する。実家を手伝う者や、結婚する者。王都に残るのは一部の令嬢だけ。卒業式は別れの日でもあるのだ。

ハーバラは、以前から行っていた事業に本格的に関わるようで、結婚式の後は領地へと戻る予定らしい。暫くはそちらにかかりきりになるため、次に会える日がいつになるかはわからない。

「エリナ様にそう言っていただけるのはとても嬉しいですわ。私も寂しい気持ちは同じですもの。最後の一年は、本当に楽しかったですから」

「……ハーバラ様」

「嘘ではありませんわよ？　今は、少し踏ん切りがつきましたから。彼のことも」

そう話すハーバラは無理をしている様子ではなかった。破棄された令嬢たちの中でも、一際仲が良かった婚約者だった彼との別れは、ハーバラに深い傷を与えてしまった。でも、今のハーバラの表情からはそう言った翳りは見られない。

「感謝もしています。あの人に」

「え？」

「……正直、彼と結婚していたらここまで仕事に対して責任を持てなかったかもしれませんから。あの件があったから、両親を説得もできました。家族全員からの賛同を得ることが出来て、これからも開発をできるようになったのは、例の事件があったからです」

ハーバラの両親からすれば、傷ついたハーバラを少しでも立ち直らせようとした行動だったのだろう。彼はハーバラのやることを認めてくれていたが、父親はそうではなかった。だが、これからは表にも立って仕事ができるという。令嬢らしくはない生き方だが、それでもハーバラらしいと言えた。

「結婚についても父を言いくるめましたし、暫くは仕事をするのに必死になりそうです。これからが楽しみだとも感じてますの」

空を見上げながらそう話すハーバラは、未来への希望に満ちていた。本当に吹っ切れたようで、エリナにも笑みが浮かぶ。悲しい経験をしたのは同じでも、ハーバラの方が想(おも)いは強かった。だからこそ、ハーバラにも幸せになってほしい。

「それにですね、少し気になる方も出来ましたの」

「え？」

突然の爆弾発言にエリナは驚く。ここ一年、ハーバラとは学園でずっと共に行動していた。だが、彼女が男子学生と一緒にいるところなど見かけたことはほとんどない。

呆然(ぼうぜん)としていると、ハーバラは悪戯(いたずら)が成功したような笑みを向けた。

「まだ内緒ですわ。きっとあちらも私のことなど眼中に入っておりませんでしょうし」

「ハーバラ様をそのように思っている方なのですか!?」

ハーバラは高位貴族令嬢で、所作はもちろん外見だって可愛(かわい)らしい人だ。そんなハーバラを雑に扱うような男性などがいるのだろうか。

「うふふ、エリナ様大丈夫ですわ。その方は仕事にとても忠実なようなのです。主人に仕えること以外に興味がないような方なのです」

だからその人にとってハーバラはただの令嬢の一人に過ぎないと。

「主人ということは、もしかしてお相手は貴族の方ではないのでしょうか？」

エリナの言葉にハーバラは頷く。ハーバラは侯爵家のご令嬢。家同士を繋ぐために婚約するのは当たり前だ。しかし、ハーバラはもうそのようなことは懲り懲りだという。

「私は仕事がしたいのです。それを認めてくれる奇特な方など貴族にはおりませんでしょう？　ならば同じく仕事に忠実な方であれば対等な関係を築けると思うのです」

だから相手は貴族でなくてもいいらしい。ハーバラが気になるという人は、仕事熱心な人で真面目、かつ貴族ではないということだ。

「でもまだ相手に認識されておりませんし、私も気になる程度なのです。ただ、もしかしたらいずれエリナ様にもお力を貸していただくかもしれませんわ」

「もちろん構いません。ハーバラ様の幸せのためなら、私も力になりたいですから」

「ありがとうございます、エリナ様」

話しながらも講堂へと入っていくエリナとハーバラ。座席につくころには、多くの友人たちがエリナの下へと集まっていた。皆、かけがえのない友人たちだ。昨年はエリナのことを心配し、よく声を掛けてくれた。中には、公爵令嬢の友人というものに惹かれてという人がいないこともなかっただろう。

実際に、婚約破棄されて直ぐに離れていった令嬢もいた。婚約を破棄される令嬢など、社交界では爪弾きにされかねないと、早々に距離を置いたのだ。これにはハーバラも腹を立てていた。さらにその令嬢は、その後エリナが王太子の婚約者になることを知り、もう一度近づこうとしたのだから凄い。これにはさすがのエリナも苦笑いしてしまった。

　昔のことを思い出しながら、学園長の挨拶に耳を傾ける。それが終われば国王の祝辞だ。学園の卒業式に国王が参列するのは珍しいことではない。だが、確かエリナの兄であるライアットの時は王弟であるベルフィアス公爵が参列していたらしい。その理由は、ベルフィアス公爵家の嫡男であるマグリアが卒業生だったからだと。そうすると、三年前のアルヴィスの時もベルフィアス公爵が来たということだろう。

　長い祝辞を聞き、多少疲れを感じつつも拍手で国王を見送る。次は幹部学生の答辞である。エリナも幹部学生の一人ではあるが、こういう場は男子学生が行うのが通例だった。

　爵位からしてもエリナが上ではあるのだが、実際に学生を率いていたのはエリナではない。伯爵家子息の彼だ。壇上に上がった姿は堂々としたもの。彼は卒業後に王城にある研究室へと所属するらしい。それを聞いた時には、彼らしいと思ったものだ。

　伯爵家と言えば高位貴族に分類されるが、彼は三男。自分で身を立てなければならない。研究室は平民も多いが、それは些細なことで爵位と能力は関係ないらしい。彼のような貴族子息が幹部学生でよかったと心の底から思う。

　卒業式が終わると、皆思い思いな行動をとる。講堂で泣きながら抱き合うこともあるが、一番多く目にするのは恋人同士の逢瀬だろう。学年が違う人たちもいるのだ。学生として最後の時間を大切に過ごす。この日ばかりは、誰も彼らを茶化すようなことはしない。

「エリナ様、王太子殿下は来られないのですか？」

講堂を出て一人の友人がそんなことを言う。本当に思ったことを言っただけなのだろう。言葉にしてから、アッと顔色を変えてしまった。

「ごめんなさいエリナ様。私そんなつもりじゃなくて」

「わかっていますよ。ありがとうございます、私のことを気遣ってくださって」

彼女に悪気はない。ただ、他の恋人たちや婚約者がいる人たちは卒業式だからと会いに来ているのに、エリナの婚約者が来ないことを不思議に思っただけだ。声に出してから、その相手が王太子だと気づき慌てて謝罪してきたのだろう。

「エリナ様はそれでよろしいのですか？　きっとエリナ様が来てほしいと仰れば来てくださったのではありませんか？」

「私のためにそのような我儘を申し上げるわけにはいきませんから」

その時、学園の門辺りがにわかに騒がしくなった。何かあったのだろうかと、エリナたちも恐る恐る近づいていく。すると、そこには黒い馬がいた。学園では見たことがない馬だ。

一体誰が、と人の間から覗き込んだエリナはそこにいる人の姿を見て大きく目を見開いた。

「アル……ヴィスさま」

「まさか王太子殿下ですの？」

「えぇ!!」

エリナの友人たちも驚き、声を上げている。声が響いたのか、アルヴィスはエリナに気が付くとエリナの下へと歩み寄る。王太子であるアルヴィスの道を塞ぐ者はいない。

アルヴィスがエリナの前で立ち止まると、そっと小さな花束を差し出した。

「卒業おめでとう、エリナ」

「アルヴィス様、なぜ……ここに？」

「折角の卒業式だ。お祝いをしたかった、じゃダメか？」

「いいえ。いいえ、とても嬉しいです」

花束を受け取ると、花の香が漂う。摘んできてくれたのだろうか、わざわざエリナのために。そのことを想うとエリナは目に涙が溜まるのを堪えきれなかった。

「エリナ？」

「も、申し訳ありません。私、嬉しくて……」

ここは人前だ。人前で泣くなど令嬢としてあってはならない。だが、涙は止まってはくれなかった。目の前のアルヴィスも困った顔をしている。このままではいけないとわかっていても、エリナにはどうしようもない。

「ランセル嬢」

「何でございますか王太子殿下？」

「この後のエリナの予定は知っていますか？」

「いいえ、ございません。そのままご帰宅されると伺っておりますわ」

泣いているエリナをよそにハーバラとアルヴィスの間で交わされる会話。確かにハーバラの言う通り、エリナはこのまま家へと帰る予定だ。リトアード公爵家からも馬車が迎えに来ているはず。

「そうですか。なら、公爵家へ使いを出せば済みますね」

「であれば、私がご伝言をお届けいたしますわ。エリナ様は王太子殿下がお連れしたと。その代わりと言っては何ですが、お願いしたいことがございます」

「お願い事？　私にですか？」

訝し気に聞いているアルヴィスへ、ハーバラは笑顔で頷く。

「はい。ぜひ、王太子殿下の侍従様とお話しする機会を」

侍従という言葉にアルヴィスの目が見開いた。だが、直ぐに表情を戻すといつものように困ったような笑みを浮かべる。

「……いいでしょう。伝えておきます」

「ありがとうございます」

「では」

話し合いは終わったというところで、アルヴィスがエリナをひょいと抱き上げた。

「きゃっ!?」

「泣き顔をこれ以上見せたくないんだろ？　送っていくよ」

「あ、いえ、でも」

頭が混乱する。送っていく。どこに。戸惑いの中、アルヴィスはエリナを抱き上げたまま器用に馬へと乗った。

「騒がせて申し訳ありません。私たちは失礼しますね」

そうして微笑（ほほえ）みながら周囲の人たちへ声を掛けたアルヴィスは、エリナを乗せたまま馬を走らせてしまった。手綱を持っていない片方の手でアルヴィスはエリナの顔をその胸に押し付ける。それほど速いわけでもないのに、あっという間に喧噪（けんそう）から遠ざかっていくような気がした。

「あの、アルヴィスさま、衣装が汚れてしまいますっ」

「気にしなくていい」

「ですが」

王城で会う時と衣装は変わらないが、それでも汚していい理由にはならない。だが、アルヴィスは腕を緩めてはくれなかった。そのまま涙がアルヴィスの服へと吸い込まれてしまう。

馬の上だからか、アルヴィスは力強くエリナを抱きしめてくれていた。エリナはアルヴィスの服を摑（つか）むと、誘われるがままアルヴィスの胸元へと身体（からだ）を預ける。

「……お祝いに来てくださって、ありがとうございます」

「喜んでくれたならよかったよ」

「はい。嬉しいです。本当に」

その先はリトアード公爵家へ着くまでアルヴィスもエリナも何も話さなかった。

アルヴィスとエリナが立ち去った学園の門前。その場にいた者たちが暫し呆然としていたのは仕方ないだろう。いち早く復帰したのは、エリナの友人たちだった。

「素敵ですわ！」

「見ましたっ!?　エリナ様を軽々と抱き上げましたのよ！」

「白馬の王子様ならぬ、黒馬の王子様ですわ!!」

きゃあきゃあと騒ぐ友人たちに、ハーバラも声は上げないものの興奮はしていた。恐らく周囲の学生たちや保護者たちもそうだろう。何せ、公式行事以外あまり社交界に出てきていない王太子が、婚約者であるエリナをわざわざ迎えに来たのだから。

歓喜に涙したエリナの姿もそうだが、そのエリナの様子に戸惑っていた王太子も珍しかった。

「これは暫く話題になりそうですわね」

尤も、来週には王太子たちの結婚式だ。周囲が多少騒がしくても構わないのかもしれない。それに、今の登場の仕方で王太子の側妃を狙っている令嬢たちにはよい牽制にもなったことだろう。

「とりあえず、約束は守ってくださいね、王太子殿下」

慌ただしい最後の日

王立学園の卒業式が無事に終わり、いよいよといった風に王城内も騒がしくなってきた。浮足立ってきたとも言える。いよいよ明日に式が控えているからだろう。

そんな城内の空気に当てられたのか、アルヴィスは私室の窓際に寄りかかりながら外を見ていた。窓の下を見下ろせば、近衛(このえ)隊や侍女たちが動いている姿が見える。近衛隊が見回るコースでもあるため、彼らがいることは不思議ではない。少しばかり浮かれているようにも見える彼らの姿には苦笑いが出てしまう。

彼ら近衛隊や侍女たちが行っているのは、最終準備だろう、エリナを王城へ迎えるための。この部屋はアルヴィスの私室ではあるが、婚姻後に暮らすことになる部屋はここではない。王太子夫婦に用意された宮へと移動することになる。後宮よりは手狭ではあるが、二人で暮らすには申し分ない広さがある。使用人たちを含めても、十分すぎるほどだ。

内装などに、アルヴィスは一切の口を挟んでいない。そこで一番長い時間を過ごすのは、エリナだ。ならば、彼女が過ごしやすい内装の方がいいだろうと、その辺りはイースラと王妃へと一任してある。王妃はエリナがジラルドの婚約者となった時から教育をしてきた。エリナの好みなどは、王妃の方が詳しいだろう。アルヴィスが足を踏み入れるのは、エリナと同じ時だ。

「こちらにいらっしゃったのですか」

「エド？」

扉を開ける音がしたかと思うと、そこにはエドワルドが立っていた。その腕には資料を抱えている。

「てっきり執務室にいらっしゃると思ったのですが」

「あぁ、悪い。今向かおうと思っていたところだ」

今は昼過ぎだ。昼食後に一息つきたくて、アルヴィスは私室に来たのだが思いのほか時間が経っていたらしい。窓際から身体を起こすと、アルヴィスはエドワルドの下へ歩み寄る。そして腕に抱えていた資料を取った。

「これは追加か？」

「いえ、近衛隊より最終確認をということで預かってきました」

「そうか、わかった」

今回の行事は、アルヴィスも主役の一人。だが、迎える側でもある。結婚式というのは、大体が花嫁のためにあるようなものなのだから。

最終確認として渡された資料に目を通しながら、アルヴィスはエリナのことを考えた。もう式は明日だ。彼女はどのような想いで過ごしているのだろうかと。リトアード公爵家でも、準備に忙しい日々を送っているのだろうか。とはいえエリナが準備するものなど、ほとんどないだろうが。

「アルヴィス様?」

「いや、何でもない」

エドワルドの声でアルヴィスは思考から浮上する。資料を確認しているのに、別のことを考えていた。それを見透かされていたわけではないにしても、エドワルドからすればぼーっとしているように見えたのだろう。

「エド?」

「もしかして、緊張されていますか?」

「……俺がか?」

エドワルドの指摘に、アルヴィスは一瞬反応が遅れた。緊張など、生まれてこの方ほとんどしたことはない。強いて言うならば、騎士団の入団テストは多少なりとも気を張っていたかもしれないが。

アルヴィス自身はいつも通りに過ごしている。公務もこなしているし、こうした準備にも手を緩めることなく動いているつもりだ。別段ミスがあるわけでもないので、普段と違うということはないはず。

「何となくですが、いつもより考え事が多くなっているように見受けられます」

「そう、だろうか?」

「ご自分ではお気づきではないかもしれませんが、落ち着かない時はいつも首に右手を当てています。今日は特に多いですよ」

自覚がないが、エドワルドが言うならばそうなのかもしれない。そう思いながら、意識してみると確かに首回りに手を当てていた。半ば無意識の行動だ。アルヴィスは手を下ろして、溜息をついた。

「いよいよですから、仕方ないと思います」

「そうなんだが、今でもあまり実感がわかない。明日だというのに」

明日、エリナは正式に王太子の妃となる。王族に嫁入りをする。言葉で表すのは簡単だ。問題はその王太子というのがアルヴィスであるということだ。生涯、結婚することも家族を持つこともしないと考えていたアルヴィスにとっては、想定外のことだった。それが明日、現実となる。

書類から目を離して、アルヴィスは再び窓から外を見る。周囲が慌ただしく動いていることに、アルヴィスだけが置いて行かれているようだった。

「アルヴィス様?」

「……俺に、エリナを幸せにすることなど出来るだろうか」

「それは——」

「いや、何でもない。忘れてくれ」

エドワルドが答えようとするのに被せる。エドワルドがアルヴィスを否定するような言葉を言うわけがない。我ながら卑怯な言い方だった。口に出してしまった言葉は戻すことが出来ない。もちろん、エドワルドが聞き逃すこともない。アルヴィスは誤魔化すように早口になる。

「少し時間を使い過ぎた。戻るぞ」

いつまでも私室にいることは出来ない。それがたとえ明日の主役であろうとも。アルヴィスにはやるべき仕事があるのだから。そう言ってエドワルドの横をすり抜けようとしたところで、アルヴィスはエドワルドに腕を摑まれる。

反射的に振り返れば、そこには真剣な表情をしたエドワルドがいた。

「エド?」

「逃げないでください。別に、アルヴィス様が女性関係で自信がおありにないことは知っておりますから」

自信がないというのとは違う。ただ、アルヴィスは後悔しているだけだ、あの頃の自分の不甲斐なさを。だが、同じことをエリナにしないとは限らない。いやあの頃よりも立場はもっと悪い。アルヴィスがエリナを想うことで、彼女を傷つけないとは限らない。

「ただ一つだけ私から言えることは、お一人でお決めにはならないでください」

「どういう、ことだ?」

てっきり大丈夫だという言葉が返ってくると思ったが、エドワルドから告げられたのは別の言葉だった。

「お一人で決めて、行動しないでくださいということです。アルヴィス様のお気持ちが理解できるなどと言うことは申しません。しかし同じようにリトアード公爵令嬢様のお気持ちも勝手にお決めにならないでください」

決めつけているつもりはない。しかし、エドワルドが言いたいのは今のことではないような気がする。エリナが幸せかどうかは、アルヴィスが決めることではないということ。出来るか出来ないかではないのだと。

『貴方がいなければ私はっ……こんな思いをせずにすんだ、のに……』

脳裏に響く彼女の声。決して忘れることのないアルヴィスの傷だ。

リティーヌに告げた言葉は嘘ではない。こうして言葉はアルヴィスを襲う。顔は見えなくとも、声だけは消えることはない。それは自分のことを忘れるなという呪いなのかもしれない。もしくは、許さないということか。アルヴィスが幸せになるなど許さないという彼女の戒めの言葉か。

「エド」

「はい」

「もし俺がエリナを傷つけるようなことがあれば、お前は俺を止めてくれるか？」

エドワルドが一瞬息を呑むのがわかった。そして次に、エドワルドは掴んでいたアルヴィスの腕を外すとポンとアルヴィスの頭に手を乗せる。その後、アルヴィスの肩を引き寄せた。頭に乗せられた手はそのまま頭を押さえられてしまう。

「おいっ」

「私は貴方の侍従です。ですが、恐れ多くも私は貴方を幼馴染として、弟のようにも思っております」

「……」

こんな風にエドワルドにされるのは、幼い頃以来だ。あの頃は、アルヴィスもエドワルドを兄のように思っていた。家族よりも近い存在だったから。

「これからもずっとお傍におります。それが貴方様の望みならば、殴ってでもお止めいたします」

「文官のお前が俺に敵うとでも？」

「姉にも参戦していただきますので」

「イースラも加わると分が悪いか」

女性に手を上げることは流石に出来ない。それが幼馴染ならば尚のことだ。

思わず笑ってしまうと、エドワルドが漸く身体を離してくれた。そこには安心したような笑みを浮かべるエドワルド。不穏なことを口にしたせいで、心配させてしまったらしい。

「悪い。だが、ありがとうエド」

「いいえ。たまにはそんなアルヴィス様も悪くありません。手のかかる弟のようですから」

「俺の兄たちは揃って意地悪だな」

マグリアも似たような扱いをする。実際、マグリアからすれば手のかかる弟なのかもしれない。そういう意味ではエドワルドとマグリアは立ち位置は違えど、似た者同士ということなのだろう。

アルヴィスは首を横に振ると、思考を切り替える。いつまでも油を売ってはいられない。

「仕事に戻る」

「承知しました」

アルヴィスは頭を切り替えた。今日は大事な仕事もあるのだから。そんなアルヴィスの後ろをエドワルドは黙ってついてきた。


執務室で仕事をしていたアルヴィスの下へ、知らせが届く。結婚式に招待をしている来賓が到着したと。仕事を切り上げてアルヴィスは出迎えのため、移動する。既に馬車は到着しているようで、談笑している姿が見えた。アルヴィスの姿が見えると、来賓である彼は笑みを向けてきた。彼の服装は黒。帝国の象徴色でもあるらしいが、当人も好んで身に着けている色らしい。

「お久しぶりですね、アルヴィス殿」

「わざわざありがとうございます、グレイズ殿。それにテルミナ殿も」

グレイズの後ろにいた令嬢へも声を掛ける。淡い桃色のドレスを着ていたテルミナは、きちんとドレスの裾を持ち上げて、足を一歩後ろへ引きながら頭を下げた。

「ご無沙汰をしています！　アルヴィス殿下」

相変わらず元気のよい令嬢だ。しかし、前回とは違いきっちりと令嬢の挨拶をしているところを見るに、大分絞られたらしい。

今回、アルヴィスとエリナの結婚式には帝国からグレイズらを招いていた。建国祭が終わってからもグレイズとアルヴィスは数回手紙でのやり取りを交わしており、そこでアルヴィスらの結婚式の話を聞いて、是非参列したいと言ってくれたのだ。

他国の王族を招くつもりはなかったのだが、帝国の皇太子としてではなく一人の友人として参列したいと。この申し出はアルヴィスも嬉しく思った。反対する理由はない。こうしてグレイズたちを招くことになった。

「前回と同じ部屋を用意しましたので、そちらでくつろいでいてください」

「ありがとうございます。前日の到着で申し訳なく思っていたのですよ」

「いえいえ、お忙しいところ来ていただいただけでも十分です」

アルヴィスは話をしながらグレイズと共に王城へと入っていく。テルミナは少しだけキョロキョロしながら後ろをついてきた。

客室がある一画まで案内すると、侍女たちが出迎えてくれる。既に準備は整っているので、好きなように過ごしてくれて構わない状態だった。

「そうそう、アルヴィス殿。一つだけお願いがあるのですが」

「……もしかしてリヒトのことですか？」

リヒトというのは、アルヴィスの学生時代の友人である。現在研究所で働いている平民だ。同じ研究者同士ということで話題に出したことがあった。そのことを覚えていたらしい。

「まぁ多分大丈夫だとは思いますが、一応本人に確認をしてきます。といっても、私も最近はあまり顔を見ていませんが」

リヒトとは王太子となってから一度だけ顔を合わせた。あちらから声を掛けてきたのだが、変わらず元気だったことに安堵したくらいだ。それ以降、見かけたことはない。

「研究者というのはそういうものですからね」

グレイズも研究者。そういった意味では似た者同士というところか。リヒトは平民なので、皇太子であるグレイズに会わせるのはと思ったが、グレイズ当人は全く気にならないという。貴族の中にも嫌悪感を表す者も少なくないのだが、研究者はそういった垣根がないのだろう。

「では少し待っていてください」

「感謝します」

本当に待ち遠しいという様子を見せるグレイズに、隣にいたテルミナは大きく溜息をついていた。いつものこと、ということなのだろうか。彼女は慣れているようだ。

「テルミナ殿も、何かあれば侍女たちに伝えてください」

「は、はい！」

声を掛けられるとは思わなかったのか、アルヴィスへと向き直るとピンと背筋を伸ばしてテルミナは返事をした。後のことを担当の近衛隊へと任せて、アルヴィスはその足で研究室がある区画へと向かう。

王城の研究室は、一旦王城の外に出てから向かわなければならない。アルヴィスに同行しているレックスは、先程の話が初耳だったのかリヒトのことを尋ねてきた。

「俺の学園時代の友人だ。物怖(ものお)じしない奴(やつ)だから多分グレイズ殿ともそのまま話し出す気がするな」

「帝国の皇太子なのにか？」

「俺が王太子になっても、面倒な場所に行ったんだなとしか言わなかった奴だ。恐らく同じような感想を持つだろう」

断言してもいい。リヒトにとって身分は邪魔なだけ。実力が全ての世界で生きているのだ。学生時代のアルヴィスにも、親が王族というだけで大変だなという感じだった。アルヴィスにとっては大切な友人の一人である。

研究室がある場所まで行けば、ちょうど建物の前にいた研究員らしき女性が、アルヴィスの顔を見るなり慌てて中へと入っていってしまった。そこまで慌てる必要はないが、久しくそのような行動をとられたことがなかったので、アルヴィスとしても唖然(あぜん)としてしまった。

「先輩を怖がらせたのはお前かよ」

「リヒト？」

代わりに出てきたのは、茶色の頭をぼりぼりと掻(か)きながら億劫(おっくう)そうな顔をしたリヒト・アルスターだ。だが、アルヴィスの前まで来るとニカッと歯を出しながら、右手を上げる。

「よっ、久しぶりだなアルヴィス」

「殿下を呼び捨てにするとは――」

前に出そうになるディンをアルヴィスは手で制する。先ほど友人だと告げたばかりではあるが、リヒトの口調に思わず反応してしまったのだろう。

「いいんだ、ディン。下がっていてくれ」

「……御意に」

すぐにディンも下がる。ここは王城の外とはいえ敷地内には変わらない。気にする者はいるだろうが、リヒトはあくまでアルヴィス個人の友人だ。

「本当、お前も大変だなぁ」

「これも俺の役割だからな」

望んだわけではないが、これもアルヴィスが果たすべき責任の一つ。それでもリヒトからすれば「大変」の一言らしい。役割をこなすという意味では、それが王太子という役職であるだけで、アルヴィス自身は何ら変わりはない。

「まっ、俺もお偉いさんがいる時は敬称付けるようにするか」

「面倒掛けるな」

「流石に俺も次期国王相手に傍若無人ではいられないさ。これでも王城で勤めているんだ。それなりに付き合いはしてきたつもりだからな」

研究室とはいえ、上下関係はある。身分だけで実力を決められるのは御免だが、それが国を維持する上で必要なことだというのも理解していると。

「そうか」

卒業して三年だが、アルヴィスと同様にリヒトもそれなりに揉まれていたようだ。それが成長したということか。

「それで、とりあえずお前が来たから俺が出てきたけど、要件はなんだ？」

「あぁ。実はリヒトに会いたいと言っている友人がいて、時間があるかと聞きに来たんだ」

「友人？　アルヴィスのっていうとランセルか？」

アルヴィスの友人と聞いてすぐに出てくるのがシオディランなのは、よく一緒にいたからなのか。もしかしてそれ以外に共通の友人がいないということを言っているのか。アルヴィスは少し呆れながら首を横に振った。

「シオならわざわざお前に会いたいと言うと思うか？」

「ないな。けどそれ以外にお前に友人っているのか？」

酷い言い草だ。後ろでレックスが笑いを堪えているのがわかる。だが反論しようにも間違いとも言えないのだから困るのだ。

「それ以外にも友人くらいいる」

「それってお前が仮面を張り付けている連中だろ？　素のお前と付き合っているのって俺らくらいだろうが」

「……リヒト、お前少し言葉を慎め」

思わず頭を抱えたくなった。それはリヒトとシオディランがストレートすぎるのが問題だ。

良くも悪くも二人はアルヴィスを気遣うことをしない。王弟だからとか、公爵家だからという色眼鏡で物事を見ない。同情しているならばそうだとはっきりと伝えてくる。あまりに直情的な二人だから、アルヴィスも自然とそうなっただけで別に他意はないのだ。

「まぁそういう俺らもお前くらいしか友人なんていなかったけどな」

声を上げて笑うリヒトに、それは当然だろうと言いたくなった。真面目で堅物なシオディランは他人にも自分にも厳しいため、近寄りがたい雰囲気を持っていた。そしてリヒトは平民でありながらも何でもこなすことのできる天才。貴族子息たちはプライドが邪魔をして気に入らなかっただろうし、平民たちは羨んでいた。結局どちらからも遠巻きにされていたのがリヒトだ。

「ったく、それよりも時間は作れるか？」

「今日か？　なら今からでもいいけど」

研究室の予定がどのように動いているのかはアルヴィスも把握できていない。だが、一人一人に課題があり決められた日時までにその成果を見せるというのが、メイン作業らしい。それ以外に調査などもあるが、今日のところは終わらせてあるのかいくらでも融通はきくらしい。

「わかった。ディン、グレイズ殿のところへ行ってきてくれ」

「はっ」

アルヴィスの指示を受けてディンが頭を下げてから去っていく。それを見送っていると、リヒトがアルヴィスの肩を摑んだ。

「ちょい待てアルヴィス。グレイズ殿って……帝国の皇太子じゃないのか？」

「そうだ」

「そうだ、じゃねぇよ。俺にそんな重鎮を会わせてどうしようってんだ」

珍しく慌てている様子のリヒトに、少し留飲が下がるアルヴィスだった。

アルヴィスは研究所に断りを入れたリヒトを、グレイズと会わせるため応接室へと案内した。

ディンに連れられてやってきたグレイズ。結局、その後グレイズとリヒトは意気投合したらしく、夜遅くまで話をしていたということだ。やはり似た者同士だったということだろう。

門出の日

慌ただしい日の翌日。いよいよ当日の朝がやってきた。周囲の人からすれば漸(ようや)くなのかもしれない。今日は結婚式当日である。

「うっ」

朝日が眩(まぶ)しくて目を開ければ、侍女であるイースラがカーテンを開けているところだった。

「おはようございます、アル様」

「あぁ、おはよう」

ベッドから起き上がるとアルヴィスは身体(からだ)を伸ばす。いつもなら誰かが起こしに来る前に目が覚めるのだが、昨日色々あったせいか少し寝坊をしてしまったらしい。

「お疲れのようですが、大丈夫ですか？」

「大丈夫だ。悪いな」

ベッドから降りようとすると、イースラからカーディガンを掛けられる。

「本日の鍛錬はおやめくださいね」

「……」

「朝食後は、お式の準備に入りますからそのおつもりでいてください」

「わかった」

渋々と言った風に頷いたアルヴィスに、イースラは満足そうに部屋を整え始める。ここで寝起きするのは今日が最後だ。しかし、ここがなくなるわけではない。いつでも休めるように整えておくという。

アルヴィスが己の結婚式をしている間、侍女たちは衣装の移動やらで忙しくなる。彼女たちの仕事を遅らせるわけにもいかないので、アルヴィスに出来るのは従うことだけだ。

鍛錬をしないということは、その間の時間が余るということ。着替えを済ませても朝食までまだ早い。手持ち無沙汰になったアルヴィスは仕方なく本を手に取り読書をする。アルヴィスの私室の本棚にあるのは、学術書や歴史書、兵役書などで余暇に読むような書物はない。それでも何もしないよりはいいだろう。

一冊読み終えるころには、朝食の時間となった。いつものように食事をする場所へと向かうと、そこには常にはない顔ぶれがそろっている。国王と王妃は勿論だが、それ以外にも側妃であるキュリアンヌ、リティーヌとキアラが同席していた。顔ぶれに驚いたアルヴィスは、一瞬挨拶するのが遅れる。

「……おはようございます、伯父上、伯母上」

「おはよう、アルヴィス」

「あぁ、おはよう」

国王夫妻へと頭を下げると、アルヴィスはキュリアンヌへと顔を向けた。こうしてまみえるのは随分と久しぶりだ。後宮からほとんど出てこないため、近衛（このえ）隊にいた頃もキュリアンヌと相対することはなかったのだから。視線が合うと、微笑（ほほえ）みながら彼女も立ち上がる。

「おはようございます、キュリアンヌ様。それと、ご無沙汰をしております」

「お久しぶりでございます、アルヴィス様。此度（こたび）は、おめでたい日ということで私どももご一緒させていただくこととなりました」

「そうでしたか」

キュリアンヌの挨拶と合わせるように、リティーヌとキアラも立ち上がる。淑女のマナーに則（のっと）るように裾を持ち上げて、軽く頭を下げた。

「おはようございます、アルヴィスお兄様」

「お、おはようございます！」

「リティ、キアラもおはよう」

国王の前だ。いつもなら抱き着いてくるキアラもその場で挨拶をする。思えば、こうして朝に挨拶をしたのは初めてだ。二人も母であるキュリアンヌと変わらず、後宮から出てくることはないのだから朝に会うこと自体がなくて当然なのだが。

アルヴィスが席に着くと、給仕が開始される。アルヴィスの隣は、キュリアンヌだ。その横にはキアラ、向かい側にリティーヌが座る。基本的に三人での食事は、静かに行われている。三人が増えても、それは変わらず黙々と食事を口に運ぶだけだ。

チラリとキアラを見れば、居心地を悪くしているのが見て取れる。普段は、母子三人で仲良く談笑しながら食事をしているのかもしれない。助けを求めるようにキュリアンヌやリティーヌの様子を窺っているようだが、二人が助けるそぶりを見せることはなかった。ここでは母子というよりも側妃と王女という立場だと、そういうことなのだろう。もちろん、アルヴィスも助けることはしない。母であるキュリアンヌが意図して行っていることなのだから。

一通りの食事を終え、食後の紅茶が出されたところで、漸く国王が口を開いた。

「今日、わざわざキュリアンヌらを招いた理由は無論理解しているだろうが……まずは、先に言うべきか」

国王がアルヴィスへと顔を向ける。何を言われるのか予想できることではあるが、改まって言われると構えてしまうのは仕方がないだろう。

「アルヴィス」

「はい」

「感謝する」

「お、伯父上?」

国王は軽くではあるが、頭を下げた。お祝いの言葉を言われるものと思っていたアルヴィスは、驚き目を見開いた。今この場には、国王一家しかいない。給仕をしていた侍女や執事らは退席しているからだ。

　とはいえ、国王が誰であろうと頭を下げるのはよろしくない。だが、止める立場にあるはずの王妃は何も言わず、キュリアンヌでさえも黙ったままだ。国王がそうすることは、事前に把握済みということ。リティーヌも目を閉じて黙ったままだ。唯一おろおろしているのは、事情を呑み込み切れていないキアラのみ。アルヴィスは、深く息を吐いて応えた。

「……頭をお上げください、陛下」

「けじめなのだ。お前には望む道もあっただろう。それを……有無を言わさずここへ引きずり込んだのは、余だからな」

　今日この場を選んだのは、今日がアルヴィスの結婚式だから。リトアード公爵家の令嬢を娶れば、後戻りはできない。元より国王もそのつもりはないだろうが、一種の区切りということか。

　国王が話すアルヴィスが望む道というのが、騎士として生きることを指しているのは想像するに難くない。だが、それは最早過去のことだ。そう過去の話なのだ。

「……陛下、確かに私は違う道を望んでいました。ですが、それはもう昔のことです。ここに来てまで、それを今更引っ張り出すつもりはありません」

「アルヴィス」

　当初は戸惑いも多くあったが、それからもう一年以上だ。国政にも手を出し、王太子としての執務にも十分に慣れてきた。この期に及んで騎士でありたいなどと、言うつもりはない。まだまだ足りない部分はあるだろうが、アルヴィスは覚悟を決めている、いずれこの国を背負うという。今のアルヴィスの想(おも)いは押し付けられた結果ではない。アルヴィスなりに過去の自分との折り合いをつけて納得していることだ。

国王はアルヴィスの言葉を聞いて、困ったように笑う。ここに来て、初めて見る表情だ。

「そう、か。本当に良いのだな。お前の道はもう一つだけだ」

「はい。それ以外を選ぶつもりはありません」

「……」

国王はまるで確認するかのようにアルヴィスを視線で射貫(いぬ)く。アルヴィスも視線を逸(そ)らすつもりはない。

どれだけそうしていたか。目元を緩めると国王は伸ばしていた背中を椅子の背もたれへと預けた。

「それを聞いて安心した。……折を見て、譲ることも出来よう」

「それはまだ早いかと思いますが」

国王から譲位の話はこうして時々出てくる。アルヴィス自身は、未熟者である自覚があるので時期尚早だとは思うが、周囲がそう動き始めていることはアルヴィスも気づいていた。

「無論、全てを押し付けるつもりなどはない。そんなことをすれば、ラクウェルに扱(しご)かれてしまうからな。だが、余の考えとして受け止めておけ」

「……承知しました」

いずれそうなることは決定事項。ならばアルヴィスに出来るのは、いつか来るその日のために力を身に付けることだ。

「では、改めてにはなるが……ゴホン、アルヴィスよ」

「はい」

「結婚おめでとう。これからもエリナ嬢と、国を頼むぞ」

「ありがとうございます、伯父上。これからも精進します」

胸を張って任せてくれとはまだ言えない。自信も知識も、そして力もアルヴィスには足りないだろう。だが、その言葉には応えたいとアルヴィスは思っていた。

令嬢の朝

それと時を同じくしたリトアード公爵家には、朝から慌ただしい雰囲気が漂っていた。今日は待ちに待った祝いの日だからだ。いつもより早く目が覚めてしまったエリナは、自室の机の前に座っていた。まだ朝食の時間には早い。屋敷の使用人たちは、既に起きて仕事を始めている頃だが、エリナが行っては仕事の邪魔になりかねない。

ふと、後ろを振り返ってみると、そこには、エリナが身に纏うウエディングドレスが用意されていた。純白のドレス。華美な装飾があるわけではないが、丁寧に縫われた刺繍は王家に入る花嫁に相応しいものに仕上げられている。その刺繍の一つに見慣れない紋様があった。何の紋様なのかと聞いてみたが、父であるリトアード公爵はアルヴィスへ問うようにと言うだけだった。

「何か、意味があるということなのよね」

王家に入った後で聞くべきことだと、父は言った。すなわち、公爵令嬢では知ることが出来ないものなのだろう。それも、今日で終わる。あと数時間後には、エリナの立場は公爵令嬢ではなくなるのだから。

コンコン。

「お嬢様」

「サラ？　起きているわ」

「失礼いたします」

いつの間にか時間は過ぎていたらしく、サラが中へと入ってくる。既に起きているエリナを見ると、サラはにっこりと笑った。

「おはようございます、お嬢様」

「サラもおはよう」

「お嬢様も眠れませんでしたか」

エリナが既に着替えを済ませていることから、そう思ったのだろう。寮生活だった時もそうだが、朝起きればサラたち侍女が着替えを手伝ってくれる。しかし、エリナとて一人で着替えが出来ないわけでもない。特に時間より早く起きてしまった時などは、わざわざ呼ぶのも申し訳なくて、つい一人で済ませてしまうのだった。

今日もその早く起きた日であり、サラが来る前にすべてを終わらせてしまった。何もすることがなくて困っていたほどだ。

「も、ってことはサラも？」

「お恥ずかしい限りです」

少しだけ困ったように笑うサラに、エリナは釣られるように微笑んだ。緊張していたのは、エリナだけではなかったことに安堵する。今日という日を楽しみにしていたのは事実だが、それ以上に緊張もしていた。

「いよいよお嬢様がこの屋敷を離れてしまうのだと思うと、感慨深いです」

「うふふ。そうね……まだ信じられないと思っている私もいるわ」

　昨年のあの事件までは疑いもしなかった未来だ。あの事件の後も、エリナは自分がどうなるのか不安だった。そんなエリナの不安を父であるナイレンは知ってか知らずか、直ぐに事態の収拾を行ったのだ。その結果が、次の王太子との婚約だった。結果として、エリナが王家に嫁ぐという未来は変わらないままとなる。だが一度不安を抱いたからなのか、たまにエリナは焦燥感に駆られることがあった。もし、アルヴィスに同じようなことをされたらどうするか。そんなはずはないと思いながらも、頭のどこかではそのような「万が一」を考えることもあったのだ。

　その後、エリナなりに努力を重ねてきた。ジラルドとの時にはしてこなかったが、エリナから歩み寄ろうと自分の意見を伝えることを心掛けて、一歩前に踏み出すようにと。それは、もう同じような後悔をしないためにだ。

　ジラルドはエリナが意見を言おうものなら、機嫌を悪くして避けていった。それが正論だろうが何だろうが関係なかった。エリナが言う言葉はすべて指摘のように聞こえていたのかもしれない。学園入学前には既にそうだったのだから、ジラルドとの関係はそれ以前に崩れていたということだ。

　アルヴィスはそういった意味ではジラルドと正反対な人である。婚約関係を続けていく中で少しずつその人となりを知ることとなった。

多くの人は、アルヴィスという人をこう評する。常に穏やかに笑っている人。感情を露わにすることがなく、一歩引いた場所から周りを見ている人だと。

婚約関係となってからも、アルヴィスからはエリナを気遣っていることが行動はもちろん、手紙でも読み取れた。それはおそらく年長者としての気遣いだったのだろう。アルヴィスから好意を感じたことはなかったのだから。アルヴィスの態度が変わったのは、生誕祭を終えて負傷が治った頃だった。時間が欲しいと告げられたと同時に、アルヴィスから丁寧語が消えた。エリナ、と呼んでくれるその声を嬉しく思ったのだ。

「私は、アルヴィス様をお支えしたい。心からそう思っているわ」

「お嬢様のお気持ちは、王太子殿下へも伝わっていると思いますよ」

エリナもそうだと嬉しい。サラの言葉に頷くと、エリナは心を落ち着かせるために深呼吸をする。そろそろ朝食の時間となる。大変であるが、エリナにとって願っていた一日がここから始まるのだ。

「朝食後には、王太子殿下が見惚れるくらいに着飾りましょうね」

「ありがとう、サラ」

今日一日の中でエリナがゆっくり食事を摂れるのは、恐らく朝だけだ。しっかり食べなくてはいけないと言われるものの、食後はウエディングドレスを着るのでコルセットで締め付けなければならない。そのことを考えれば、多くは食べられないのが実情だ。元より食が細いエリナだが、結局朝食はいつも以上に食べることが出来なかった。

自室へ戻ったエリナは、待っていましたとばかりに侍女らによって湯あみをさせられ、全身を磨き上げられた。休む暇もなくマッサージを施されたかと思うと、早速コルセットを身に着けさせられる。エリナは細身なので、そこまで締められることはない。とはいえ、今回は一生に一度しかない晴れ舞台だ。侍女たちの気合の入れようはすさまじく、実際の締め付け以上に締められているような気分になった。

コルセット着用後は、いよいよウエディングドレスを纏う。仮縫いの時に試着はしているものの、完成品に袖を通すのは初めてだ。艶(つや)やかな生地は、とても触り心地がいい。ヒラヒラし過ぎていないのは、エリナの趣向にも合っていて一度だけしか着ないのが勿体(もったい)ないくらいだ。

「本当に、素敵なドレスね」

「そうですね。王妃様と奥様、それと王太子殿下がお決めになったそうですよ」

「アルヴィス様も?」

「そう聞いています」

あまり女性のドレスなどに興味はなさそうに見えるアルヴィスが、今回のドレスにも口を出した。それだけでエリナは頬が緩んでしまう。少しでもアルヴィスが関わって選んでくれたのなら、それに見合うような自分でありたい。

「あ、でも……」

「どうかなさいました?」

「これは、つけて行けないわね」

スッと取り出したのは、以前にアルヴィスから贈られたペンダントと指輪だ。指輪は勿論つけられないが、服の中に隠しておけるならペンダントはつけて行きたいと考えていた。だが、今のドレスは隠せる場所がない。首から下げれば、一目瞭然だ。ウエディングドレスに合っていないわけではないが、相応しいとは思えなかった。

「お嬢様は、本当に気に入っていらっしゃいますね」

「これは特別なものだから……でも」

「本日は、お預かりしているものがありますので、そちらを身につけてくださいませ」

サラがエリナの前に差し出したのは、黒い箱だった。両手で受け取ったその蓋をゆっくりと開ける。そこには、ネックレスが入っていた。普段使いができるようなものでないことは、一目でわかる。装飾されたシルバーのチェーンの先には、小さいが淡い紫色の宝石がはめられていた。この石からは、どこか温かい力を感じる。エリナでもわかる力。マナの力だ。

「これ――」

「私どもにはよくわかりませんが、王太子殿下よりこちらをと」

アルヴィスから身につけるようにと言われたもの。ならばつけないわけがない。手に取り、エリナは直ぐに身につけた。色合いからして目立つかと思ったが、小さな石であるためか邪魔をすることはない。

「エリナ、入ってもいいですか?」

「は、はい!」

そこへ扉の外から声がかかる。扉が開かれると共に現れたのは、リトアード公爵夫人であるユリーナ・フォン・リトアード。エリナの母親だ。その奥にも人影が見えた気がしたが、顔が見える前に扉が閉められてしまう。

「あ、あのお母様?」

「ここに入れるのは女性のみです。たとえ、父親といえども入ることは出来ません」

『そんな……』

外から聞こえるのは、その声だけで消沈したとわかる父のもの。どうやらエリナの姿を見に来たが、母に妨害されてしまったらしい。

「お母様、いいのですか?」

「いいのです。たとえ父親でも、本来ならば一番先に見るのは夫となるべき方でしょうから。尤も、相手が王太子殿下では無理な話ですけれど」

「そうですね」

母の言う分は尤もだ。エリナも出来るならば、アルヴィスに最初に見てほしかったが仕方のないことだと諦めている。

すると、ユリーナがエリナをじっと見つめていることに気づく。実はこうしてユリーナと話をするのは、久しぶりだった。ジラルドとの婚約破棄の件を、ユリーナは許していなかったからだ。母にとって、どのような理由があろうと婚約を破棄されるなど醜聞でしかなかったのだろう。父や兄たちがエリナを庇(かば)っても、納得しようとはしなかった。寮生活だったこともあり、母と顔を合わせる機会は少なくなり会話もなくなっていた。だが、先程のサラの話だと、このドレスは王妃とアルヴィス、そして母であるユリーナも関わってくれたらしい。

「あの、お母様……私」

「ごめんなさい、エリナ」

「え?」

エリナが何かを言う前にユリーナが頭を下げた。生まれてこの方母から謝られたことなどない。驚きに染まるエリナに、ユリーナはそれでも頭を上げなかった。エリナが声を掛けるまでそのままということだろう。エリナは慌ててユリーナの肩を支えるようにして身体(からだ)を起こさせた。

「お母様」

「一年もかかってしまってごめんなさい。本当はわかっていたのです。貴女(あなた)は悪くないと。ですが、私にはそれを認めることが出来なかった。認めてからは、貴女に謝る機会もなく今日までかかってしまって、貴女には申し訳ないことをしました」

「……いいえお母様、私も悪かったのですから」

母に認められず傷ついたことは事実だが、それ以上に父や兄たちがエリナのことをわかってくれた。そして母はエリナの花嫁衣装についても協力してくれたという。そのことがエリナは嬉しかった。母がエリナを認めてくれたようで。それだけで十分だった。そんなエリナにユリーナは淡く微笑む。

「良く見せてください、エリナ。花嫁となる貴女の晴れ姿を」

「はい！」

エリナはユリーナから少しだけ距離を取るとそのままゆっくりくるりと回る。既に支度はほぼ終わっていた。あとは、時間が来るのを待つだけだ。

「とても素敵です。……おめでとう、エリナ。幸せになるのですよ」

「ありがとうございます、お母様」

この屋敷を出る前にこうして母と会話が出来たことを、エリナは本当に嬉しく思っていた。

私室に戻ったアルヴィスは用意された礼服へと着替える。金糸の装飾が施された白の礼服。着慣れない色を纏い、アルヴィスは多少の居心地の悪さを感じていた。
結婚式の衣装といえば、新郎新婦双方とも白い衣装を身に着けるもの。頭では理解しているが、実際に己が着けるのと見るのとでは違う。今回は、礼服に合わせてアルヴィスは手袋も白色のもの

を着用している。髪をセットし耳飾りを身につければ、アルヴィスの準備は完了だ。時間になったら、大聖堂まで向かえばいい。

「いよいよですね、本当に」

「エド？」

いつもの侍従としての服装とは違い、燕尾服に似たような衣装へ着替えたエドワルド。アルヴィスの隣で、深呼吸を繰り返していた。

「緊張しているのか？」

「えぇ。待ち遠しい日が来たことを嬉しくも思いますが、同時に失敗が許されない日でもありますから」

儀式にも参列するエドワルドの役割は、大聖堂までアルヴィスの傍にいること。ただ傍にいるだけではあるが、その一挙一動に注目が集まる。アルヴィスが皆に見られるのだから、必然とエドワルドにも視線が向かうのだ。

エドワルドはベルフィアス公爵家に仕える使用人という立場。伯爵家の遠縁ではあるものの実家は爵位を持っていない。ベルフィアス公爵家に仕えるためにそれを放棄した家だ。ゆえに、社交界へ出ることはない。こうして人前に姿を見せるのは、学園時代以来だろう。柄にもなく緊張していると話すエドワルドに、アルヴィスは苦笑した。

「お前に限ってそれはないだろう」

「信頼していただけるのは嬉しいですが、あまりプレッシャーをかけないでください」

実際、エドワルドは優秀だ。エドワルドたちの父や弟は武官。その中で武に優れなかったのは当人からすれば欠点なのだろうが、武官だったならばこうしてアルヴィスの傍にはいなかったはずだ。王太子となってしまった今ならば尚のこと。その点でいえば、エドワルドが文官で良かったとアルヴィスは感謝すべきかもしれない。

「エド」

「何でしょうか?」

自分を落ち着かせるためなのか深呼吸を繰り返しているエドワルドへと身体を向けると、アルヴィスは少しだけ頭を下げた。

「戻ってきてくれて、感謝している」

「アルヴィス様」

「言ってなかったと思ったんだ。今ここにいる時点で、お前が望む未来を与えてやることは出来ないかもしれない。わかってはいるが、それでもお前が傍にいることに安心している俺がいる」

学園卒業時に、アルヴィスはエドワルドを引き離した。これで、アルヴィスの人生に付き合わせることが無くなった。だが再びエドワルドはアルヴィスの傍に来てしまった。公爵家次男の侍従から解放出来たというのに、今度は王太子の侍従となってしまったのだ。側近の一人として、エドワルドはここにいる。何か罪を犯さない限りは、ここから離れることは出来ない。それを申し訳なく思いつつも、安堵しているのもまた事実。だからこそ、伝えねばならない。良い機会だと思ったのだ。

そんなアルヴィスの想いを知ってか知らずか、エドワルドはスッとアルヴィスの前に膝をついた。

「エド？」

「私は、生涯貴方様に仕えると決めたのです。学園を卒業した後も、隙あらばお傍に戻るつもりでした。その時期が早まっただけのこと。私が望む未来は、アルヴィス様の傍にあります」

隙あらば戻るつもりだった。予想していなかった答えに、アルヴィスは驚き目を見開く。

「お前、領地で父上の下で学んでいたんだろ？　なら――」

「アルヴィス様が生涯騎士で居られるとは思っていませんでした。その先の未来のために、力を身につけるべきだと考えたまでです」

そう確信していた。

「……」

「旦那様はご存じでしたよ」

要するに、アルヴィスが勝手に勘違いしただけということだ。少しだけ感じていた罪悪感が無くなって、良かったのか悪かったのかわからずアルヴィスは長い溜息をついた。結果だけ見れば、エドワルドにとっても良かったということなのだろうが。

「わかっていて黙っていたのか」

「当時のアルヴィス様は、聞いてくださいませんでしたでしょうから」

「……そうかもしれないな」

エドワルドを遠ざけたかったアルヴィスが、今の言い分を聞いて納得したかと言えば否と言える。全て計算のうちだというのは面白くないが、これもアルヴィスがまだまだ子どもだったということなのだろう。

「負けたよ……お前に勝てるわけもないが、お前が正しかったということか」

「アルヴィス様ほどのお方を騎士で終わらせることなど、考えられませんでしたから。尤も、王家に入られるとまでは流石に考えていませんでしたけれど」

「だろうな……」

アルヴィスはエドワルドと笑いあう。

あの時は、正直言って迷惑だった。突然出来た婚約者に、王太子という身分。公務も学ぶべきことが多すぎて、覚えることに必死だった。公爵家での地盤がなければ、今も四苦八苦していたことだろう。忙しいことに変わりはないが、それにも随分と慣れてきた。この時期に結婚というのは、アルヴィスにとってもちょうどいい時期だったのかもしれない。

そんな風に思い出していると、コンコンと扉が叩かれた。

「アルヴィス殿下、お時間です」

「わかった」

呼びに来たのはティレアだ。彼女たち侍女は、この後アルヴィスとエリナが暮らす宮で準備がある。そのため、ナリスたちは既に先に向かっていた。ティレアも見送ったあとで合流することになる。

「アルヴィス様、これを」

部屋を出ようとしたアルヴィスへ、エドワルドが差し出したのは剣。鞘が銀色で装飾が豪華なのは、式典用ということだろう。受け取れば、見た目ほどの重さは感じなかった。試しに一度鞘から抜けば、輝く刀身がアルヴィスを映し出す。

「……なるほどな。これなら振れるか」

「式典用ではありますが、問題なく斬れるようにもなっております」

スッと指を走らせても、問題ないことがわかる。試しに指をあててみたいところだが、ここで血を見せるわけにもいかない。直ぐに治せるとはいえ、祝いの日なのだから。鞘に再び納めると、アルヴィスは腰に剣を差す。これで準備は整った。

「既にエリナ様も大聖堂へ向かわれたとのことです」

「そうか。早いな」

「花嫁が姿を見せるのは夫君となられる方が先ですから、人が集まる前に向かわれたのでしょう」

大聖堂に入れる人は限られているが、今日が王太子の結婚式だということは国中が知っている。式の後は城下街を回るのだが、我先にその姿を見ようと大聖堂周辺には人が集まりつつあるらしい。

周辺といっても、立太子の儀式とは違い大聖堂前には来ることが出来ないというのにだ。この話を聞いた時、アルヴィスは何とも言えない気分になった。

「そうまでして見たいものか、時々不思議に思うな」

彼らには共感できないと思う。恐らくは、アルヴィスには理解できないものなのだろう。

「アルヴィス様だったらそうかもしれませんけど、やはり嬉しく思うものですよ。もし、これがラナリス様や王女殿下だったならアルヴィス様も嬉しいでしょう？」

「リティが結婚となると、安心の方が勝るが……ラナがとなると、嬉しいかどうかは微妙だな」

そこまで言われて、ラナリスもそういう年齢になったのだと思い至る。まだまだ小さいと思っていた妹が結婚するということになれば、兄としては複雑としか言えない。喜べるかどうかは、相手次第といったところか。

「碌な奴じゃなければ薙ぎ払いたいところだが、出来ないのが残念だな」

既に王家の人間となったアルヴィスには口出しが出来ない。全て父ラクウェルが決めること。確か学園在籍中には決めると、ラクウェルが言っていたはずだ。とはいえまだ相手が決まったわけではない。今から心配をしても仕方がないことだろう。

「……アルヴィス様、見かけによらずシスコンですよね」

「普通じゃないか？」

何を言っているのだと首を傾げると、エドワルドに深々と溜息をつかれてしまった。

大聖堂へ到着したアルヴィスは、馬車を降りた途端に届いた声に思わず振り返った。まだパレードまでは時間があるというのに、本当に多くの人たちが集まっている。大聖堂前は騎士団によって人々が近寄れないようにと封鎖しているのだが、それでも声が届いていた。アルヴィスの姿を認めた彼らから届けられるのは、祝福の言葉たちだ。

途切れることなく聞こえるそれに対して、アルヴィスは笑みを浮かべて手をあげることで応えた。頭を下げることは王太子の立場では出来ないし、この状況では声も届かないだろう。彼らの声がアルヴィスまで届いているということを示すには、それくらいしかできない。

「アルヴィス様、行きましょう」

「あぁ」

隣にいたエドワルドに声をかけられ、アルヴィスはその後ろを歩く。大聖堂の扉が開かれ中に入れば、既に準備は整っていた。本番を待つのみなのだが、その前にアルヴィスは控室へと出向く。中に入ると、更にその奥に扉が見えた。だが、その扉の前には侍女らが立っている。

「この先にいらっしゃる殿方は、王太子殿下お一人でお願いします」

「エド」

「承知しました」

視線だけを向けると、エドワルドは下がる。この先の部屋がどういった場所なのか。アルヴィスは勿論、エドワルドも知っている。付き添う必要はない。

侍女が避けて扉が開かれると、アルヴィスはその中へと足を踏み入れた。

「お嬢様、王太子殿下がいらっしゃいました」

「えぇ」

部屋の中央にある椅子には、白いウエディングドレスを纏った人物が座っている。アルヴィスからは後ろ姿しか見えないが、サラに声をかけられるとその場でゆっくりと立ち上がった。

白いレースで作られたベールを被った花嫁姿のエリナ。いつも以上に洗練されたその姿に、アルヴィスは言葉に詰まった。

「おはようございます、アルヴィス様」

「……おはよう」

いつものように微笑みながら挨拶をしてくるエリナに対して、アルヴィスは普段のように言葉を返すことが出来なかった。一瞬の間が空いたのだ。その一瞬の遅れにより、エリナの瞳が不安そうに揺れたのをアルヴィスはしっかりと見ていた。

パーティーに出てもパートナーの女性を褒めるのは、貴族の嗜みとしては当たり前だ。アルヴィスとて普通にこなしてきたつもりである。少なくともこれまでは、言葉に困るようなことはなかった。しかし、目の前のエリナに対してはうまい言葉が浮かばない。

息をゆっくりと吐いてから腰に手を当てると、アルヴィスは首を横に振る。何も言わないのは失礼だというのは理解していても、気の利いた言葉が出てこない。女性との付き合いが全くなかったわけではないにしても、経験が圧倒的に少ないのだ。それでも何かを言わなければと、心を落ち着かせてから口を開く。

「すまない……その、良く似合っている。綺麗だ……とても」

「あ、ありがとうございます」

感想としては乏しい表現だと思うが、それ以外にアルヴィスには言い表せなかった。アルヴィスに声をかけられたエリナはそれでも、照れたように顔を赤くしながら笑ってくれている。不安が消えたなら良かったと、安堵の息をつく。

デザイン画として見てはいたものの、実際にこうして身に着けているのを見ると全く印象が違うものだ。エリナの紅い髪は白にとても映えていた。ふと、ドレスの刺繍に見覚えのある紋様を見つける。アルヴィスの手の甲に刻まれたものだ。

「この紋様……そうか、入れたのか」

「アルヴィス様はご存じなかったのですか?」

「いや、話は聞いていたが本当に入れるとは思わなかった。複雑な形だから難しいだろうと」

実際には、きちんと刺繍がされている。これはルベリア王家への嫁入りという以上に、アルヴィスの下へという意味を持っているのだろう。そう考えると、アルヴィスの独占欲のようにも見えてしまう。ここまできて、エリナを手放すことなどあり得ないのだが、とアルヴィスは苦笑するしかなかった。

「王太子殿下、エリナ様。そろそろお時間でございます」

「あぁ」

大聖堂の女神の間。そこで国王を始めとする来賓たちが、アルヴィスとエリナが来るのを待っている。そっとアルヴィスがエリナへ左手を差し出せば、白い手袋をはめたエリナの右手が重なった。重なった手を腕へと触れさせれば、エリナが少しだけ力を入れてくる。

「緊張しているか？」

「はい、少しだけですが」

アルヴィスとて緊張していないわけではない。大勢の貴族たちの前に出ること自体は問題ない。一年以上が経過しても、己が主役となる行事は未だ慣れないこともあるが、更にそれが結婚式という一大イベントだ。不思議な気分にもなるだろう。

「俺も同じだ」

「アルヴィス様も、ですか？」

「見えないか？」

「はい。いつもとお変わりないように見えます」

エドワルド以外に悟られたことはないが、エリナにも悟られていなかったようだ。エリナも貴族令嬢として取り繕う場面は多いだろうが、アルヴィスもそれ以上に気を遣う場面には遭遇してきたと自負している。年下に見破られるようでは、公爵家出身者としても夫としても不甲斐（ふがい）なく映るだろう。尤も、そのようなことエリナは気にしないかもしれないが。

「ならば良かった」

「？」

「こっちの話だ。じゃあ、行こうかエリナ」

「はい、アルヴィス様」

　笑い合いながら二人は並ぶと、そのまま部屋を出て行った。

　大聖堂の中央に位置する奥の間。女神像も安置されている場所で結婚式を行う。アルヴィスがここに来たのは、立太子の宣誓以来となる。もう一年以上も前だ。大きな扉の前まで来ると、その先にはたくさんの人の気配があった。主役たちの到着を今か今かと待ちわびている参列者たちだ。

　ふと、アルヴィスの腕に触れているエリナの手に力が入るのを感じた。視線を落としてみれば、少し強張（こわば）った顔になっている。緊張がピークに達しているということなのだろう。エリナには悪いとは思うが、緊張している姿を見てアルヴィスは肩の力が抜けるのを感じた。そっとエリナの手に空いている方の己の手を重ねる。

「大丈夫だ」

「アルヴィス様……」

「君は、ただ笑っていればいい」

安心させるように微笑むと、エリナは首を横に振った。

「ありがとうございます。ですが大丈夫です。私は、アルヴィス様の妃（きさき）になるのですから」

「エリナ」

アルヴィスの手にもう片方の手を重ねてエリナは笑う。そして、ゆっくりと深呼吸をした。己を落ち着かせるためだろう。エリナが大丈夫だと言うならば、本人に任せるのが一番だ。何より、これから先も同じようなことは何度もある。

「このために、私は教育を受けてきたのです。少しだけあの時を思い出しましたが、もう大丈夫ですから。こうして、アルヴィス様が隣にいてくださるのです。それだけで、私は強くなれます」

「……わかった」

アルヴィスも深呼吸をする。そうしてエリナと目を合わせた後、扉の前にいる神官へと頷きを返した。これが合図となって、ゆっくりと扉が開かれる。

静まり返っている中、アルヴィスはエリナと共に深紅の道を歩く。周囲の参列者は、じっとその様を見守るだけだ。一般的な結婚式とは違い、王族の婚姻は儀式の一部。にぎやかさとは無縁だ。

その中の一陣にグレイズとテルミナの姿を見つける。いつもと変わらず笑みを浮かべているグレイズに比べて、瞳を輝かせながらこちらを見ているテルミナ。恐らくは、エリナの衣装を見て感動しているのだろう。テルミナにとってエリナは憧れでもあるらしいから。一瞬だけグレイズと目が合うと、肩を竦（すく）められた。どうやらアルヴィスの認識は合っているようだ。その次に目に入ったのはアルヴィスの異母弟妹の姿。思わず目を見開くと、横にいるマグリアが頷いた。わざわざこのために来てくれたらしい。声を掛けられないのが残念だ。

大司祭の前へとたどり着くとアルヴィスはエリナから離れた。そのまま女神像の前へ立ち、右手を胸に当てて一礼をする。アルヴィスの礼が終わると、エリナが続いてドレスの裾を持ち上げ頭を下げた。

二人の挨拶が終わったところで、大司祭が女神像の隣に立つ。大司祭は、アルヴィスとエリナを交互に見た。

「ここにおわす二人は、アルヴィス・ルベリア・ベルフィアス殿下、エリナ・フォン・リトアードの両名に相違ありませんか？」

「「はい」」

揃（そろ）って応える二人に大司祭は首肯すると、その手に持っていた本を広げて読み上げる。

「女神ルシオラ様の前で己の言葉を以（もっ）て誓いを立てていただきます。まずは、アルヴィス・ルベリア・ベルフィアス殿下」

「はい」

名を呼ばれたアルヴィスが横にいるエリナへと向き直り、そっと手を取った。婚姻の宣誓の言葉は、当人たちにより紡がれる言葉だ。形式的なものもあるが、自ら考えたものでも構わない。アルヴィスは、心を落ち着かせてから口を開いた。

「私は、エリナ・フォン・リトアードを……信じ、愛し、慈しみ、守っていくことを誓います。悲しませることがあったとしても、それでも共に生きていくと」

「アルヴィス、さま……」

エリナの瞳が揺れるが、大司祭はそれに気づくことなくエリナへ誓いの言葉を催促する。

「わ、私……エリナ・フォン・リトアードは」

震えそうになる声でゆっくりとエリナは言葉を紡ぎだした。

「私は、生涯、アルヴィス・ルベリア・ベルフィアス殿下と共にあり、彼を愛し、信じ、その身心の安らぐ場であることを、ここに誓います。死が訪れるその時まで、貴方と共に」

言葉を紡いでいくうちに、エリナははっきりとした口調となっていく。この場にいる皆へ、そして女神への宣誓の言葉なのだが、それはお互いへの誓いとなっていた。

「エリナ」

「女神ルシオラ様、どうか二人の誓いを聞き届け、二人への祝福を」

じっとエリナを見ていたアルヴィスだが、大司祭はそれには気づかず儀式を進めていた。祝福といっても、実際は参列者が拍手をすることになる。参列者も形式に倣うように手を叩こうとしたその時だった。

『我が吾子と……その愛しき者の門出に祝福を……』

「この声……」

「え？」

脳裏に届いた声にアルヴィスは女神像を見上げる。立太子の儀式の時のような変化は起こっていない。だが、アルヴィスには女神像が笑ったように見えた。無論、像が表情を変えることなどあり得ない。幻なのだろう。

参列者からは大きな拍手が巻き起こっている。声もアルヴィスにしか聞こえていないということだ。祝福というのだから悪いことではないのだろうが。

「ゴホン、女神ルシオラ様へと誓いは届けられました。お二人とも、誓いの口づけを」

困惑している中でも大司祭は続けていく。聞こえていないのだから仕方のないことだ。この件は後で考えるとして、意識を儀式へと戻す。大司祭の言葉で拍手は止み、アルヴィスを待っている状況だった。

エリナのベールを上へと上げると、ベール越しではないエリナの表情が見える。一枚薄い壁がないだけで、これほど違うのかと思うほどエリナは美しかった。ただでさえ、エリナは美人だ。それほど濃い化粧を施しているわけではないらしいが、アルヴィスからすればその方が好感を持てる。

そして、結婚式という晴れ舞台では、更に磨きがかかっていた。

「綺麗だ……本当に」

「あ、ありがとうござい——」

エリナが言い終わる前にその紅い唇に誘われるようにして、アルヴィスは唇を重ねた。重ねた直後に拍手が沸き上がるのを聞きながら、唇を離す。離しながらエリナを見れば、頬を赤く染めていた。その様子に、世辞ではなく本心からエリナを愛しいと感じる。

今の口づけはあくまで儀式としてのもの。これ以上は許されていない。抱きしめたくなる衝動を抑えながらアルヴィスは、そっとエリナの手を取ってその手の甲へと口づけを落としたのだった。

アルヴィスとエリナの二人の姿を見送り、グレイズは女神の前に立つ二人へと身体を向ける。ルベリア王国の大聖堂へ入ったのは初めてだが、帝国とそう変わりはない。女神ルシオラは帝国でも崇拝する者は多い。こうした機会でもない限り、グレイズは来ることはなかっただろう。
「うぅ、綺麗すぎます。あのドレスの刺繍とかすごいです」
「……貴女は少し黙ってはいられないのですか」
感動のあまり涙目になっているテルミナの様子にグレイズは呆れていた。グレイズから見ても、エリナの花嫁姿は美しいと思う。紅の髪に白い肌。意志の強そうな青い瞳。その所作一つとっても、

流石は筆頭公爵家の令嬢だと言える。その一つでも、このテルミナに分けてもらいたいものだ。

その隣に立つのがルベリアの王太子であるアルヴィス。何度か手紙のやり取りをさせてもらったが、興味が尽きない人物だ。最初はテルミナに対するモノと同様、研究者としての探求心から近づいた。今でもその目的は変わらないが、それを抜きにしても付き合っていきたい相手だ。共に将来の国主同士。縁を結ぶに越したことはない。

「はぁぁ、アルヴィス殿下も素敵です。あれで白馬に乗ったら完璧ですよ」

「残念ながら貴女の白馬の王子様ではありませんけどね」

「わかってますよ。もう、グレイズ様は黙っていてください」

少しだけ口を尖らせるテルミナだが、アルヴィスに懸想していたのは恋ではなく憧れに近いものだったのだろう。綺麗な顔が好きなテルミナにとって、アルヴィスの顔は好みにドストライクだったらしい。帝国に帰ってからも、似たようなことをいつも言っていた。隣にいるのがエリナでなかったならばどうなっていたことか。

「おめでとうございます、アルヴィス殿、そしてエリナ様」

いつかグレイズも同じように結婚相手を見つけなければならない。限りなく可能性が高いのが目の前にいるテルミナだということに若干の不安を覚えながらも、グレイズは友人の門出に拍手を送った。

お披露目と

女神への宣誓を終えた後は、お披露目を兼ねたパレードだ。エリナをエスコートしながら、大聖堂前へと戻ってくると、王家所有の馬車が用意されていた。式典に相応しい装飾を施されたそれにアルヴィスはエリナの手を引いて乗り込む。

「これから街を回る。概要は聞いているか？」

「学園の方まで向かうと聞いていますが……」

学園は大聖堂から見て反対側であり、距離がある。そこまで向かうのだから、それなりの時間を要することはエリナも理解しているようだ。

「あぁ。出来るだけ笑みを向けてはほしいが、疲れたのなら言ってくれ。あと、窓から顔や手を出すのは控えてほしい」

「わかりました」

警備は万全だし、この婚姻に否定的な者たちもいない。妨害が入ることはないだろうが、常に最悪も想定して動く必要がある。それが王族という身分に付きまとう性だ。今この時点で、エリナの身分は王太子妃。王族の一員なのだから。

馬車が動き出すと、アルヴィスもエリナも左右の窓から顔を見せた。多くの国民が集まっている。

アルヴィスはいつものように微笑み外を眺めるだけだが、エリナはゆっくりと左右に手を振りながら笑顔を浮かべていた。国民たちからの祝福の言葉が飛び交う中で見せるエリナの微笑みは、幸せそのものだ。

エリナから視線を外してアルヴィスも外を見る。集まってくれる国民たちの姿は、そのままアルヴィスが守るべき人々の姿だ。そんな風に考えているアルヴィスは、己の変化に苦笑した。ついこの間まで騎士に未練があったというのに、現金なものだと。だがそれも、良いことなのだろう。

「……あ」

ふとアルヴィスの目に留まった集団がいた。以前、まだアルヴィスが近衛所属だった頃によく行っていた馴染みの店で働いている連中だった。エリナと共に城下に下りた時には、遠目で見ているだけでアルヴィスに声をかけてくることはなかった彼らが、今アルヴィスの視線の先にいた。

『おめでとさん、アルヴィス』

少し強面の店主が口だけを動かして、そう言っていた。アルヴィスは読唇術も学んでいる。それは騎士として必須な技術だからだ。店主も無論知っていた。だからこそ、敢えて口だけで伝えてきたのだろう。残念ながらアルヴィス側から伝える手段はない。店主らは読唇術ができるわけもないし、そもそもここでアルヴィスが何かを言うことは出来ない。アルヴィスは、彼らに伝わるようにと軽く右手を上げた。祝いの言葉は、他の皆も言っている。その仕草が祝いの言葉に対する皆への返事だと、誰も不自然だとは感じないだろう。

アルヴィスの仕草に歓声が上がる中、店主たちは頷きを返した。知り合いだと思われることは避けなければならないが、それは彼らにとっても本意ではなかった。それがわかっただけでも十分だ。彼らのためには、アルヴィスは近づきすぎない方がいい。これが、今のアルヴィスと彼らの距離なのだから。

学園前まで来ると、流石にエリナも疲れ始めたようだ。笑顔を向け続けることは、見ている以上に疲れる。とはいえ、人々はエリナとアルヴィスを見に来ている。顔を引っ込めるわけにはいかない。

「あ、先生方が」

「?」

エリナ側の窓が学園の正門だ。正門の近くに、学園の教師たちが揃っていたらしい。反対側の人たちには申し訳ないと思いつつ、アルヴィスも学園側へと身体を向ける。

正門近くで、学生と教師らが手を振っているのが見えた。学園長らの姿もある。披露パーティーには、貴族の子女や貴族家当主らは呼んでいるが平民の者たちは参加できない。その中には、エリナの友人もいるらしい。女子学生たちからはエリナを呼ぶ声が届いていた。

「彼女たちは、エリナの友人なのか?」

「はい。可愛い後輩たちです。テスト前はよく共に勉強していました」

教室や図書室で、後輩たちと共に勉強をすることが頻繁にあったらしい。そうした付き合いは今後のエリナにとっても宝物となっているようだ。

「そうか。エリナは人気者だったんだな」

「そのようなことは……」

「だが友人には恵まれていたんだろ?」

人は、打算的な生き物だ。平民ならば尚(なお)のこと。貴族に取り入って何かしら便宜を図ってもらえるようにと考える者たちは少なくない。だが、彼女たちからはそのような打算的な雰囲気を感じ取れなかった。アルヴィスに近づいてくる多くは、その身分や容姿に惹(ひ)かれてくる者たち。そこには何かしらの目的を持っていることが多かった。彼女たちからは彼らのような特有の香りみたいなものが感じられない。一種の勘のようなものなので、具体的に説明することは難しいのだが。

「はい、恵まれていました。あの方との件があった後も、友人たちがいてくれたからこそ私は笑っていられましたので」

「そうか」

学園前を去ってから少し行ったところで、エリナはふふふと笑い出した。アルヴィスは怪訝(けげん)そうにエリナを見る。

「エリナ?」

「あ、申し訳ありません。少し思い出してしまって」

「学園でのことか?」

「はい。私がアルヴィス様の婚約者になった後、後輩が王太子に嫁ぐのはもうやめた方がいいと怒ってくれたのです」

当時、彼女たちはアルヴィスのことを知らなかった。不敬な発言だが、ジラルドが起こした事件によって王族の印象が悪くなったのは事実なので、こうした発言が出ても仕方ないと半ば黙認されていたらしい。そのことについては、アルヴィスも仕方ないと思うし、彼女たちを責めるつもりはない。

平民の彼女たちは実力主義なところがあり、ジラルドは身分だけを引き下げている愚か者に映っていたようだ。身近にいた王族がそれなのだから、王太子に対する信頼がなくて当然だ。別の人間だとしても信用できない。同じように浮気性で傲慢な愚か者に違いないと、エリナへ苦言を呈していたらしい。勿論、エリナは当然のことながらハーバラら貴族令嬢たちはそれを全力で否定してくれたようだ。

「私のためを想って怒ってくれる友人がいること。それはとても恵まれていることだと、ハーバラ様からも言われました。それまでの私は、己の行動が間違っていたと考えていました。己の責務を果たさなかったからこその結果だと。でも、そうではなかったのです」

そしてそれは身分を持たない彼女たちが気付かせてくれたのだろう。身分がないからこそ、エリナ自身を見てくれていたともいえる。

「その姿を見せることが出来て良かったな」

「はい！」

平民である彼女たちとエリナが今後会うことはほぼないと言っていい。彼女たちが王城に勤めることでもない限りは。これが最後となるかもしれない。それが王太子妃となったエリナと彼女たちのこれからの距離なのだから。

学園からの祝福

白塗りの馬車が遠ざかっていくのを見送ったアネットは、ふぅと深く息を吐いた。

「漸く(ようや)この日を迎えることが出来ましたのう、アネット先生」

「はい……ほんとうに」

「王太子殿下が学園にいた頃を思えば、このような日が来るとは失礼ながら考えてもいませんでしたが」

「うふふ、そうですね」

そう話すヴォーゲンは目元の皺(しわ)を一層深くした。今、ヴォーゲンの頭の中には学園在籍時のアルヴィスの姿があることだろう。アルヴィスは常に友人たちと共にいた。そこに女子学生の姿があることはほとんどない。ここまで女性の影がない貴族学生は珍しかったとヴォーゲンが語る。

女性と二人でいるアルヴィスは、同級生であったアネットにも珍しく映っていた。今でこそ貴族社会から遠ざかっているアネットだが、学園在籍時は子爵令嬢としてそれなりにパーティーへ参加していたものだ。それは公爵令息だったアルヴィスも同じだろう。アネットより参加回数は多くなかったが、それなりに姿を見かけていたのだから。

だが、アルヴィスが誰かを伴って参加したことはほとんどない。どうしてもパートナーが必要な場合、アルヴィスが伴うのは従妹であるリティーヌ王女。それ以外の女性を伴う姿を見かけないことから、一時期はリティーヌ王女と恋仲なのかと噂されたこともある。

第一王女が嫁ぐには、アルヴィスは爵位が足りない。少なくとも伯爵位以上の身分が王女降嫁には必要だろう。しかし、アルヴィスは次男である。アルヴィス自身が褒賞をもらえる何かを成したとしても、せいぜいが子爵止まり。たとえ王弟の息子だとしても例外はない。ゆえに、今だけの思い出作りをしているのではないかというように周囲も見ていた。尤も、この噂はアルヴィスが学園卒業後に騎士団へ入団したことで立ち消えてしまったのだが。

それ以降、近衛隊所属後に数回パーティーで見かけることはあったが、隊服姿だった。稀にリティーヌ王女に頼まれてダンスをすることはあれど、他の令嬢と関わることは一切ない。そのアルヴィスが誰かと結婚をする。いや、この場合は結婚をしたという方が正しいだろう。

「ベルフィアス様、エリナ嬢……とはもう呼べませんね」

「アネット先生？」

「不思議な気分です。当時、少なからず憧れていた方が教え子と結婚したのですから」

「……そうでしたか。まぁ、あの方に懸想していた学生は多いでしょうなぁ」

「はい。それはもう」

憧れていた。そう、もう過去の話だ。騎士だったアルヴィスならともかく、最早遠い存在となってしまった相手を慕うなど許されることではない。それに、アネットは気づいてしまった。エリナを見るアルヴィスの表情に。とても優し気に外へ手を振るエリナを見つめていたそれは、エリナがアルヴィスにとっての特別であることを示していた。

その視線を受けつつ馬車から手を振っていたエリナは、美しいとしか言いようがないほど綺麗だった。ウエディングドレスがというわけではない。無論、ウエディングドレスも素敵なものだったが、それ以上にエリナ自身に目を奪われた。とても良い表情で、それはもう幸せそうな微笑みをアネットたちに向けてくれていたのだ。

「エリナさん、そして王太子殿下も……どうかお幸せに」

既に去った馬車の方へ向けてアネットは呟く。届いていなくてもいい。言わずにはいられなかった。どうか、二人のこれからに幸が多くありますようにと。

「ふむ。……何か、伝言があれば伝えましょうかな？」

「え？」

ヴォーゲンとて学園教師の一人でしかない。何を言っているのかと思ったところで、アネットはあることを思い出した。今宵の披露宴のことだ。

今夜は王城で披露宴が開かれる。参加するのは主に国内の貴族たちだが、中には来賓として国外からの人たちも来ていた。その中に呼ばれるというのは、名誉あることだ。そこへ、アルヴィスとエリナの恩師としてヴォーゲンが呼ばれていた。

「そうでした。今宵の披露宴には、先生も呼ばれているのですよね？」

「この身では些か分不相応なようにも思えますが……両殿下にお会いできるのも最後となるかもしれんので、お呼びに応じようかと思いましての」

学園関係者では、他に学園長も出席する。貴族出である学園長とは違い、ヴォーゲンは平民出身者。気後れしてしまうのも無理はないだろう。参加者はほぼ全員が貴族位を持つ人たち。その中に加わることは、かなりの重圧となる。

「挨拶程度にはなりますじゃろうが、一言くらいなら」

「それでは先生が何もお伝え出来ませんよ。それに……私なら大丈夫です。エリナさんの……いえ、妃殿下のご友人たちとともに祝電をお届けするつもりですから」

一個人としては祝いの手紙を送るのが難しい学生もいる。ならば、学園名義で一緒に届けようと考えたのだ。このような話が出るのも、エリナの人柄によるものなのだろう。エリナが学園で築き上げてきた力、その結果でもある。この人望という力は、これからもエリナの力となるはずだ。

「それはそれは、とても頼もしいことですな」

「はい」

◆◆◆

パレードを終えて王城へ戻ってきたアルヴィス。自室へと一旦戻ると、着ていた衣装を脱ぐ。一息ついた後は、披露宴が行われる。そのため、別の衣装に着替える必要があるのだ。エリナも別室で、ウエディングドレスから別のドレスに着替えていることだろう。

休息にと、一度ラフな恰好になったアルヴィスは、ソファーへと座った。そこへすぐさま湯気が立ったカップが置かれる。横を見ればティレアの姿があった。

「お疲れ様でございます、殿下」

「ありがとう、ティレア」

一年以上前、アルヴィスがこの部屋に来たばかりの頃、ティレアら侍女はお茶を出すタイミング一つにも気を遣っていた。その様子にアルヴィス自身も居心地がよくなかったことを思い出す。そのことを思い出してアルヴィスは頬を緩める。慣れれば慣れてしまうものだと。傍にこうして侍女がいることにも、自ら動くことなくすべてが用意されてしまうのも。当たり前のように受け入れてしまっている。

アルヴィスの様子にティレアが不思議そうな表情をしているのに気が付き、アルヴィスは苦笑した。

「懐かしいなと感じたんだ」

「そう、ですか？」

「ここに初めて来た時のことを思えば、随分と変わったものだと」

「……あの時は、まだ殿下にご満足いただけるようなものをお出しできていませんでしたから」

ティレアはそう言うが、王妃の下で働いていたティレアが与えてくれるものは上等なものばかりだった。ただ、騎士団や近衛隊という、貴族とはまた違った環境にいたアルヴィスが特殊だっただけで。

「変わったのはティレアたちだけじゃなく、俺もだろう」

「アルヴィス殿下……」

「これからもよろしく頼む」

「お任せください。誠心誠意、お仕えさせていただきます」

そうこうしているうちに時間が迫ってきた。アルヴィスは立ち上がると、上着を羽織る。まだ式典が終わったわけではない。念のため剣を腰に差し、マントを翻す。女性と違って男性であるアルヴィスに然程準備の手間はかからない。

「じゃあ、行ってくる。帰りは宮の方に向かう」

「承知しました。お待ちしております」

頭を下げて見送るティレアに手を上げて返事をし、部屋の外に出る。そこにはレックスたちが控えていた。目配せをすれば、アルヴィスの後を付き添うようについてくる。生誕祭の頃は、違和感を抱いていたこの距離。それも今や、当たり前のように感じている。それもこれも、ルークが常に近衛隊をアルヴィスの傍にいるよう配置した所為だ。これが常の状態なのだから、否が応でも慣れてしまう。そうしてこのまま彼らと共に会場の隣にある控室へと入ると、既にエリナが控えていた。

先ほどまでの白いウエディングドレスとは違い、淡い黄色のドレスを身に纏(まと)ったエリナ。その胸元には水色のネックレス。今回は敢(あ)えてあまりエリナが身に纏う色ではない淡色系のドレスを選んだ。

エリナは、その紅(あか)い髪と令嬢としての洗練さから、強気な印象を周囲へ与えていた。本人であるエリナもそれはよく理解しており、可愛(かわい)らしい洋装を身に着けることはなかったらしい。だが、こうして身に着けているのを見れば、周囲の印象も変わることだろう。それほど、エリナの雰囲気にはとても合っているように思えた。

「アルヴィス様」

「お疲れさま、エリナ。少しは休めたか？」

アルヴィスはそっとエリナの顔色を窺(うかが)う。パレードの後は少し疲れを見せていたが、今はそれほど疲労の色は見えない。休息は取れたようだと、アルヴィスは安堵(あんど)の息をつく。

「はい。リティーヌ様が来てくださいましたから」

「リティが？」

「退屈だろうと仰(おっしゃ)って、色々とお話に付き合ってくださいました」

特段入室を制限したわけでもないので、リティーヌが訪ねてくることは問題ない。リティーヌ自身も披露宴に参加する。そちらの準備に支障がない範囲ならの話だが、何だかんだと抜け目のないリティーヌのことだ、その辺りはきちんとこなしていることだろう。何より、エリナが楽しそうに話している。少しでも気分転換になったのならば、何よりだ。

「ここから先は少し長いが、疲れたのなら先に下がってもいい。遠慮なく言ってくれ」

「ありがとうございます。ですが、私は大丈夫です。王太子妃としての最初の務めですから、最後までやらせてください」

婚姻は成った。エリナは正式に王太子妃だ。これから王太子妃となって初めて皆の前に出る。

「……最初、か。そうだな」

「はい」

祝いの場だとはいえ、これは公務の一つでもある。国内貴族や来賓たちに、王太子夫妻としての姿を見せる場なのだから。

「だが、疲れては頭も働かない。そうなったら強制的に下がらせるからそのつもりでいてくれ」

「はい」

会場に全ての招待客が揃ったという報告が届いたのは、そのすぐ後だった。あとは、主役であるアルヴィスとエリナの入場を待つばかりだと。ふぅと息を吐くと、アルヴィスはエリナへ手を差し出した。

「では、行こう」

「はい」

差し出された手にそっとエリナが己の手を乗せる。騎士たちが扉を開くと、その先へ足を踏み入れた。

アルヴィスとエリナが登場すると、会場からは大きな拍手で迎えられた。そっとアルヴィスの左腕に手を添えて、アルヴィスを見上げているエリナ。エリナを柔らかな笑みで見つめているアルヴィス。二人の間には、政略結婚とは思えないほどに穏やかな空気が流れている。

壇上に用意された席へとまずエリナを座らせ、続いてアルヴィスも腰を下ろした。いつもならば国王夫妻が最後に登場するが、今回の主役はアルヴィスとエリナ。二人が最後の登場だった。会場内が静まり返る中、国王が立ち上がる。

「みな、今日は祝いの場へよく来てくれた。こうしてこの日を迎えられたこと、余はとても嬉しく思っている」

国王は集まった貴族や来賓たちへ言葉を述べると、横に並んで座っていたアルヴィスとエリナへ身体を向けた。

「アルヴィス」

「はい」

「エリナ」

「はい」

名を呼ばれたアルヴィスとエリナは立ち上がる。今までは、国王もエリナのことをエリナ嬢、と令嬢の呼称で呼んでいた。だが、今はそれが外されている。エリナはもうリトアード公爵家の令嬢ではないのだ。王家の一員として、国王がエリナを扱っている証でもある。

「結婚おめでとう」

「「ありがとうございます」」

エリナは淑女らしく裾を持ち、腰を折る。一方、アルヴィスは胸に右手を当てて頭を下げた。二人が頭を上げたところで、会場から再び拍手が鳴らされた。始まりの挨拶はこれで終わりだ。

アルヴィスとエリナが座ると、最初の挨拶としてリティーヌがやってきた。珍しいことに、隣にはキアラがいる。未成年である王族は、こういった催しに参加することはほとんどない。目を見開いてアルヴィスは驚いていると、リティーヌがクスクスと笑う。

「サプライズ大成功ですね、アルヴィスお兄様」

「リティ……」

笑われたことでアルヴィスは、呆れたように息をついた。そして次にリティーヌの手を握ったままのキアラへと視線を向けた。

「キアラ」

「アルお兄様、えっと……ゴホン。本日はおめでとうございます。エリナお姉様も、ご結婚おめでとうございます」

この日のために用意したのだろう。ピンク色のドレスの裾を持ち、膝を落とす形でキアラは挨拶をしてきた。社交界に出ていないとはいえ、王族としての作法をきちんと学んでいるのだろう。図らずもキアラの成長を見ることが出来たのは、アルヴィスにとっても嬉しい出来事だった。

「アルヴィスお兄様、エリナ。お二人とも、ご結婚おめでとうございます」

「ありがとうございます、リティーヌ様、キアラ様」

「ありがとう、リティ、キアラも」

「もう、エリナとは呼べないですね。エリナお姉様と呼んだ方がいいのかしら？」

リティーヌとエリナの関係は、ジラルドの婚約者だった時からのものだ。リティーヌはジラルドの姉であるので、リティーヌからすればエリナは義理の妹になるはずだった。義理の妹ではなくなったが、リティーヌが兄と呼ぶアルヴィスへと嫁いだのだから姉という呼称に変えるかどうかというところなのだろう。

「いえ、リティーヌ様。どうかそのまま、エリナとお呼びください。その……私もリティーヌ様を姉のように思っておりましたので」

「ありがとう。私も、エリナはずっと妹になると思っていたから実は気恥ずかしかったの。じゃあこれまで通り、エリナと呼ばせてもらうわ」

「はい、お願いします」

実は、アルヴィスがこうしてリティーヌとエリナが話をしているのを見るのは初めてだ。親しいとは聞いていたが、この二人の様子を見るにそれは本当なのだろう。女性同士の会話が進むが、それほど時間があるわけではない。何より、キアラは例外でこの場に来ている。そろそろ退場させる必要があるだろう。

「リティ、キアラを頼む」

「もう時間なのね……キアラ、後宮に戻りましょう」

「もう、戻るの？」

上目遣いでリティーヌを見上げるキアラ。まだ何も話していない。もう少しいたいと言う。だが、リティーヌは首を横に振った。

「挨拶だけ、という約束でしょ？」

約束。キアラはハッとしたようにうつむくと、コクリと頷（うなず）いた。

「……はい」

「では、アルヴィスお兄様、エリナも。失礼しますね」

肩を落とすキアラだが、決まりは決まりだ。そのままリティーヌに手を引かれて、国王夫妻の下へ歩いていった。その後、会場から出て行くのだろう。

「キアラ様、大丈夫でしょうか？」

「あの子なりに、自分で折り合いを付ける。大丈夫だ」

「……アルヴィス様がそう仰るなら」

いつまでもキアラのことを気にしていても仕方ない。それに、アルヴィスたちと言葉を交わしたい人たちはまだまだ沢山いるのだから。

リティーヌの次に来るのは、ベルフィアス公爵家だ。爵位順なのだから仕方ないが、こうも身内ばかりが先に挨拶に来るというのは、気恥ずかしいものがある。そんなアルヴィスの想いを余所に、ラクウェルらが前に立った。

「王太子殿下、並びに妃殿下。此度はおめでとうございます。ベルフィアス公爵家一同、お祝いを申し上げます」

「……ありがとうございます」

ラクウェルとマグリア、オクヴィアスとラナリスの四人が来ているが、言葉を発したのはラクウェルだけ。ラクウェルに合わせるように、マグリアらも頭を下げる。一同と言ったのは、この場に全員がいないからだろう。

マグリアの妻であるミントは式には参列したものの、披露宴には参加せずまだ幼い息子の傍にいるのだろう。そしてアルヴィスの異母弟妹も披露宴には来ていない。まだ社交界デビュー前である二人は参加できなかった。式には参列していたが、アルヴィスはその姿を見かけただけで彼らと言葉は交わしていない。その代わりの言葉だ。もう二年以上も会話をしていない弟妹。その彼らもアルヴィスを祝っていることを告げたかったのだろう。

「その後、皆にお変わりはないですか？」

「ええ。この場に来ることが出来ないことを残念がってはいましたが」

「そうですか」

寂しい想いをさせてしまったことは申し訳なく思うが、それでも元気なのならばそれでいい。これで会話を終えようとすると、ラクウェルがエリナを呼んだ。

「妃殿下」

「は、はい」

「どうか、王太子殿下のことをよろしくお願いいたします」

公爵であるラクウェルが王太子を頼むとは、普通に見ればおかしく映る。だがアルヴィスとラクウェルは親子だ。父が子を頼むのは当たり前である。

「はい。お任せください」

「では、両殿下。我々はこれで」

一礼をしてラクウェルたちは下がっていった。エリナをちらりと見れば、どうかしたのかと怪訝そうにアルヴィスを見返してくる。ラクウェルがエリナにアルヴィスを頼むと告げた時、エリナは迷うことなく即答した。立場が逆だなと感じたのはアルヴィスだけではないだろう。

いや、それ以上に感じたのは、エリナの堂々とした姿勢だ。恐らくは、王妃教育の賜物なのだろう。ある意味で私的な場よりも堂々としている。先ほどのエリナの反応を見るに、それがエリナにとっての当たり前ということだ。

「なるほど、心強いな」

「アルヴィス様？」

「何でもない」

そうして次は、リトアード公爵家を出迎える。今回は、リトアード公爵夫妻とライアット、そしてもう一人青年を連れ立っている。

「此度はおめでとうございます、王太子殿下、妃殿下」

「ありがとうございます、リトアード公爵」

「ありがとうございます」

「リトアード公爵、彼はもしかしてジラルドの」

アルヴィスは挨拶に来たリトアード公爵と共にいる、ライアットではない方の青年に目を向けた。建国祭や生誕祭の時にはいなかった顔だ。だがどこか見覚えはある。ジラルドと共にいる姿を近衛隊にいた当時に何度か見かけたのだ。容姿的な特徴からリトアード公爵家の縁者とは思っていたが、あまり表に出てきていない。そう、以前のアルヴィスのように。

「はい、次男のルーウェでございます」

「お初にお目にかかります、アルヴィス王太子殿下。リトアード公爵が次男、ルーウェ・フォン・リトアードです」

許可を得たルーウェが一歩前に出て名乗る。ルーウェ・フォン・リトアード。彼は、学園でジラルドと共に行動していたという例の証言者の一人だ。将来はジラルドの側近候補でもあった。ジラルドが廃嫡されたことで、その道は途絶えてしまったが。

「そうか君が……。昨年の件では、世話になったな」

「い、いえ。私はただ見たままを述べただけですから」

「あいつの傍にいて、それが出来たのは君だけだ。逆に言えば、指摘されていたのにもかかわらず気づかなかったあいつが愚か者ということにもなるが……いや、すまない。過ぎたことだ。忘れてくれ」

「……はい」

ジラルドの話をすることはタブーというわけではないが、今日という日に話すことではないのは確かだ。ルーウェは、学園は卒業したものの職に就くことはせずに文官になるのを目標に精進しているらしい。卒業時点でなることも可能だったはずだが、例の件のこともあって一年遅らせたということだ。

リトアード公爵たちが去った後でエリナに尋ねると、ルーウェは学園では幹部学生の一人として、ジラルドの補佐をしていたようだ。ジラルドがサボっていた間も学園が大きな影響を受けなかったのは、ルーウェのお蔭(かげ)なのかもしれない。表に出てこなかったのは、次男であったためだろう。

「陰に隠れているというのは次男の宿命かもな……」

「アルヴィス様?」

「戯言だ。気にしないでくれ」

そう、戯言だ。どこの貴族であっても、長男が優先なのは同じ。次男はスペアだが、それなりの実力が求められる。長男より劣り、尚且つ他人よりも上であることを。かつてのアルヴィスはそうしていた。恐らくは、ルーウェも同じなのだろう。少しだけ、ルーウェに親近感を抱いたアルヴィスだった。

次に挨拶に来たのは、グレイズたちだった。帝国の来賓である彼らの身分からすれば、最初に挨拶に来てもおかしくないのだが、身内であるベルフィアス公爵家やリトアード公爵家へ譲ったのだろう。

「お二方とも、改めてお祝いを申し上げます」

「ありがとうございますグレイズ殿」

変わらず黒に身を包んだグレイズと共にいるのは淡い緑色のドレスを着たテルミナだ。そのテルミナの視線はエリナへと向けられていた。すると、溜息と共にグレイズがテルミナの腰を抱き寄せる。そして耳元に唇を寄せた。端から見れば恋人に何かを囁いているように映る。

「ふぇ？」

「人前なのですから、シャキッとしてください」

「うふふ、お久しぶりですねテルミナ様」

テルミナと視線が合ったことには気づいていたエリナが、微笑みながらテルミナへと話しかけた。

漸く自分の状況に気が付いたテルミナ。顔色を失いつつも慌ててグレイズの手を離すと、勢いよく頭を下げる。

「お久しぶりでございますっ！　それとおめでとうございます」

「ありがとうございます」

グレイズがホッと胸をなでおろしたのを見て、アルヴィスは彼らと初めて会った時のことを思い出した。二人の関係はそこから変わりはないらしい。とはいえ、グレイズも帝国の皇太子という立場。周囲からそれとなしに、結婚を仄めかされているようだ。第一候補は目の前にいるテルミナだが、彼女は淑女教育よりも槍を振るう方が楽しいらしく、大分手を焼いているとのことだった。

「無作法をして申し訳ありません。これでも成長した方なのですが、エリナ妃に比べるとまだまだといったところで」

「ミンフォッグ嬢もこれからでしょう。幼い頃から教育を受けているわけではないのですから、その苦労は大きいはずです」

実際、子どものうちからやっているのと大人になってからやるのとでは、その呑み込み方に大きな差がある。テルミナはまだラナリスと同年代だが、これまで淑女とは無縁の生活をしてきたのならば、相当大変なはずだ。基盤がないため、そこから始めることになるのだから。

「そうなのですけどね。まぁこればかりは長い目で見るしかないと思っていますよ。周囲がうるさいのだけは勘弁していただきたいですが」

「その辺りは私も避けてきた側の人間なので同意しますよ」

王太子という立場にならなければ、グレイズと同じ状況にいた可能性はある。アルヴィス自身は望んでいなかったが、周囲がそれをどこまで認めてくれたかはわからないのだから。

「ルベリアとは今後も良好な関係でいたいと思っています。出来れば、アルヴィス殿たちの子と私の子が縁を結べれば一番なのでしょうが……」

そのためにはと、グレイズはちらりとテルミナを盗み見る。その日が実現するかは、まだまだわからないといったところか。

「ゴホン。まぁ国同士というよりは、私も信用できる相手とがいいと考えていますから。かの国のような他意はありません」

「わかっています。そういう意味ならば、私も同じですから」

まだ先のことではあるが、帝国とならば構わないとアルヴィスも思う。そこには、テルミナとアルヴィスが神との契約者だからという意味はない。アルヴィスとグレイズが友人だからなのだと。

アルヴィスとグレイズが話をしている間、テルミナとエリナは会話を楽しんでいた。あまりグレイズたちとばかり話してもいられないだろう。そう話して、グレイズはテルミナを引きずってその場を離れていった。

貴族たちの挨拶が落ち着いた頃、アルヴィスとエリナの前に来たのは恩師であるヴォーゲンだった。

「王太子殿下、並びに王太子妃殿下。本日は誠におめでとうございます。学園を代表してお祝いを申し上げげに参りました」

「ヴォーゲン先生、ご足労いただき感謝します」

「ありがとうございます、先生。来てくださって、とても嬉しいです」

エリナは柔らかく微笑む。それは、心からの表情だ。ヴォーゲンは、目元の皺を増やして頷いた。

「とても良い顔をされておられる。妃殿下、他の皆にも今のお姿を見せたかったくらいでございます」

「……その節は、ご心配をおかけしてしまいました。先生方には感謝の言葉もありません」

「いえ、我々が出来たことと言えばただ見守るだけでございました。今のような表情をされるほどになったのは、王太子殿下のお蔭でございましょう」

ヴォーゲンから視線を向けられて、アルヴィスは苦笑する。アルヴィスも大したことはしていない。当初はエリナのことを気遣うよりも、自分のことで精一杯だった。手紙のやり取りはしていても、内容はほぼなかったと言っていい。王妃に指摘されるまで、エリナとの時間を作ることさえ出来ていなかったのだから。

それが変わったのは、アルヴィスが怪我(けが)を負ってからだ。もしかしたら、あの時からアルヴィスはエリナに惹かれ始めていたのかもしれない。

「私が何かをしたわけではありません。エリナが私に寄り添ってくれたのです」

「アルヴィス様……」

「だからこそ私も覚悟を決めることが出来たように思います」

いつでもアルヴィスの中にあった自分の立ち位置の意味。ふとした時に脳裏を過る「スペア」という言葉。アルヴィスは二十年間そうだと思って生きてきた。マグリアに男児が生まれるその日までの繋ぎだと。その時まで自分は在ればいい。その先は、騎士として生きようが死のうがどちらでも良かった。

王太子となってから、アルヴィスはその意識を変えたつもりでいた。騎士ではないのだからと。だが実際にアルヴィスの根本には、未だスペアの存在であるという意識が拭えていなかったのだ。それを叱咤してくれたのは、リティーヌ。そして、過去から抜け出せずにいたアルヴィスを引っ張り出してくれたのがエリナだ。

エリナの言葉は真っ直ぐなものだった。そのままアルヴィスの心に染み入るほどに。エリナとて必死だったのかもしれない。一度相手に婚約を破棄されるという経験をして、そのすぐ後に同じ王族の婚約者を迎えたのだから。少しでも良好な関係をと。だからこそアルヴィスもそれに応えようとした。そんな責任感からくる関係だったはずが、変われば変わるものだ。

エリナと共に歩む。政略的な意図はあったものの、今は己自身がそれを望んでいる。チラリとエリナを見れば、自然と笑みがこぼれた。

「不甲斐ないところを見せてばかりでしたしね」

「そんなことはありません。私の方こそ、はしたないところを見せてしまいましたし」

照れたように頬を染めるエリナが思い返しているのは、恐らくアルヴィスを看病してくれていた時のことだろう。あの時は、何が起こったのか考える余裕はなかった。冷静に考えれば、エリナらしくない行動だったように思う。エリナの真意はわからないが、アルヴィスは特段気にしてはいない。逆に、エリナにもそのようなところがあると、安心したくらいだ。

人前に出るエリナは、常に背筋が伸びて堂々としている。そうあるべきだと、ジラルドの婚約者となった時から教育されてきたからなのだろう。誰と対峙しても、気後れることなく在る姿勢は流石の一言だ。

だが、アルヴィスの前にいる時は、その限りではない。令嬢としてしっかりしているとは思うが、時折見せる年相応な表情はエリナを少しだけ幼く見せる。エリナ本人は生来の紅髪の所為でキツイ女性だと思われていると話していた。だが、アルヴィスがそのような印象を持ったことはない。

初めて会話をしたのが、顔合わせの時だった。時期が時期だったのもあり、アルヴィスに対しての申し訳なさで一杯だったエリナ。どちらかと言えば、慎ましい女性という印象が強いのだ。

「あ、あのアルヴィス様」

「？」

「そのようにじっと見られてしまうと、少しその恥ずかしいのですが」

「あ、あぁ。すまない」

それほどじっと見ていたつもりではなかった。だが、出会った頃を思い出していたためか、予想以上にエリナを凝視していたようだ。顔を真っ赤に染めているエリナを見て、アルヴィスは苦笑する。

「仲が宜しいようで何よりでございます」

「……失礼しました、ヴォーゲン先生」

考え事に集中してしまい、ヴォーゲンがいることを忘れかけていた。否、相手がヴォーゲンだったから気が抜けてしまったとも言える。どちらにしても、今のアルヴィスが取る態度ではなかった。

「いえいえ、王太子殿下も良き出会いに恵まれたことを心よりお祝い申し上げます。どうか、これからも息災でありますよう微力ながら祈らせていただきます」

「ヴォーゲン先生……ありがとうございます。先生も、これからも学園をよろしくお願いします」

「勿体ないお言葉、しかと了承いたしました」

深々と頭を下げて、ヴォーゲンはその場から離れて行った。

ヴォーゲンを最後に、挨拶は終わりだ。今回の主役であるアルヴィスとエリナだが、挨拶が終わるまではこの場から動くことが出来なかった。終わった今は、自由に動くことが出来る。

「エリナ、疲れたか？」

「大丈夫です。ただ座っていただけですから」

「座っているだけというのが、一番疲れる気がするが……」

座っていただけというが、座っているということは常に同じ姿勢を保ち続けなければならないということ。見た目以上の疲労を感じるものだ。

「そう、なのですか?」

立ちっぱなしの方が疲労感は覚えない。近衛隊として動いていた時は、パーティーの間はずっと立っているのが当たり前だった。そちらの方が慣れている。参加者であれば、ダンスを踊るなりして動き回るのだろうが、生憎(あいにく)騎士はその場で立ちっぱなしというのも少なくなかった。だがエリナからすれば違うようだ。驚いているエリナを見て、逆にアルヴィスの方が驚いてしまう。

「エリナからすればこっちが普通なのか。俺からすればこうして座っているのは、とても新鮮だ」

「アルヴィス様はいつも陛下の傍で立っておられましたから、そう感じられるのかもしれませんね」

「そうだろうな」

穏やかに会話をしながらも、アルヴィスは会場全体を見回した。音楽が奏でられる中、談笑をする者やダンスを踊る者。それぞれこの場を楽しんでいるようだ。ここに座っている時間も終わった。次は、楽しむ時間だろう。

「エリナ、少し踊りに行こう」

「はい、喜んで」

立ち上がり腕を差し出すと、エリナがそっと絡めてくる。連れ立ってダンスの輪に入れば、自然と道は開かれる。中央まで来ると、アルヴィスとエリナは踊り始めた。その様子を見て、周りで踊っていた人々は足を止める。

「王太子殿下とエリナ様だわ」

「ほんと、お似合いのお二人ね」

口々に感想を述べる女性たち。その視線を感じながらも、アルヴィスはただエリナだけを見つめる。エリナも聞こえてくる声を気にした様子はなく、ただアルヴィスを見て微笑んでいた。お互い視線を集めることには慣れている。今更周囲がどのような視線を向けようとも気にすることはない。

「もう一曲行こうか？」

「はい！」

こうして二人は二曲、三曲と踊り続けるのだった。

父らの想い

アルヴィスへの挨拶を終えたラクウェルたちは、他の貴族たちのため道を空けると軽食が用意されているテーブルまで下がった。オクヴィアスはラナリスを連れて夫人方の下へ向かったため、ここにいるのはラクウェルとマグリアの二人だ。

「長かったような気もするが、あっという間だったような気もするな」

「そうですね。ですが……」

「どうした、マグリア?」

言いかけて止まったマグリアへ、訝し気な視線をラクウェルは送る。そっと、貴族らからの祝いの言葉を受け取るアルヴィスを見れば、そのやり取りも随分と様になってきているようにマグリアは感じた。ついこの間までは騎士の道を歩んでいたにもかかわらず順応出来たのは、アルヴィスの生来の資質なのかもしれない。

ベルフィアス公爵家の者として、少なからず帝王学に触れてはいた。しかし、それも学園に入る以前の話だ。そこから離れて何年も経っている。幼き頃の教育というものは、どこで役に立つかわかったものではない。だとしても、アルヴィスはどちらかといえば帝王学や貴族としての教育を避けていたはずだったが……。と、そこまで考えてマグリアは首を横に振った。幼き頃のことは、人づてに聞いたものが多い。それもこれもマグリアを兄として立てるため、必要以上にアルヴィスが距離を取っていたからだった。賢いアルヴィスのことだ。自分がマグリアより劣っていると周囲に見せるくらいはしていただろう。

「いえ、こうして人の前に立つようになるならば、アルヴィスも遠慮することなく本来の姿のまま振る舞えるのだろうなと思っただけです」

「マグリア……」

最早、アルヴィスがマグリアに気を遣う必要はない。否、それ以上の能力を求められるだろう。アルヴィスの評価は他国においてはルベリア王家の評価となるが、国内ではベルフィアス公爵家の評価にも繋がるのだから。

「当時は私も必死だったので気づきませんでした。ですが、今にして思えばアルヴィスには相当の我慢を強いていたのではないかと」

「あぁ、恐らくはそうだろう。私も、王女殿下にその点については酷く責められたものだ」

リティーヌに責められた時のことを思い出したのか、ラクウェルは困ったように笑う。実際、アルヴィスの幼少期についてはリティーヌの方がよく知っているのだから仕方がない。それだけラクウェルはアルヴィスの傍にいなかったのだから。

しかし、アルヴィスからそれを責められたことは一度たりともなかった。そうしたのはラクウェルなのだとリティーヌは言っていたが、真実その通りなのだろう。

「あの子には出来れば平穏な幸せを与えてやりたかったのだがな……」

「父上」

「いや、だがこれも悪くはなかったのかもしれん」

そう話すラクウェルの視線は、アルヴィスとエリナの二人へと向けられている。

挨拶に出向いてくる貴族らへ微笑む二人。知る人が見ればわかるだろう。それが酷く柔らかいものとなっていることに。

「そうですね。生誕祭の時は義務的な様子でしたが、今のアルヴィスからはその様子は見られませんから」

「感謝しなければならないな、エリナ嬢には」

「それはこちらも同じです、ラクウェル様」

ラクウェルらの話に入ってきたのは、エリナの父であるナイレン・フォン・リトアード公爵だった。ライアットやルーウェも一緒だ。

「ナイレン殿、お互いおめでたいことだな」

「はい、ありがとうございます」

ラクウェルがグラスを掲げれば、ナイレンも同じようにグラスを掲げる。王弟であり王太子の父のベルフィアス公爵と今回の花嫁の父であるリトアード公爵。二人が揃えば注目されるのも当然だった。だが、おいそれとこの場に近づいてくるような輩はいない。お互いに注目されることには慣れ切っている二人は、気にすることなく会話を進める。

「あのように笑って娘が結婚できたのも、アルヴィス殿下のお蔭です。我がリトアード公爵家一同……アルヴィス殿下がお相手だったことに、本当に感謝しております」

一年ほど前に起きた件で、エリナは酷いショックを受けていた。常に品定めするような視線を受けていたエリナではあったが、その多くは女性たちからのものだ。男性数人で、ましてや衆人環視の中で罵倒されれば、恐怖を感じても仕方がない。その筆頭が婚約者だった。ナイレンはトラウマになることも考えていたらしい。

されど、エリナはリトアード公爵の令嬢。将来の王太子妃としての注目度も高い。修道院などに入れられれば、世間はエリナに非があると判断してしまうだろう。ともすれば、エリナの名誉も傷ついてしまう。すなわち、エリナの将来が閉ざされるに等しい。それだけは避けなければならない。そこに上がってきたのが、王家からの提案だ。

王太子を替え、その婚約者としてエリナを添える。エリナは変わらず王太子妃となることが出来る。エリナに非はないという証明にもなるだろう。リトアード公爵家としては、これ以上ない結果だ。強いて言うならば、エリナの心情次第というところ。

アルヴィスという青年は、ナイレンもそれなりに知っていた。学園は首席卒業、騎士団入団後一年ほどで近衛隊へ推薦され、当時は近衛隊の一般隊員だった。一般隊員ではあってもその実力は折り紙付きで、抜きんでた存在だったらしい。恐らくは、将来の隊長職候補だったのだろう。現近衛隊隊長であるルークにも目を掛けられていた。

人格者としても悪くない。なら、彼に託してみるのもいい。そう決断したナイレン。当時の判断は間違っていなかったのだ。今のエリナの様子が何よりの証拠である。

「……その言葉、是非殿下にも伝えてやってほしい。あの子も喜ぶだろう。そして、エリナ嬢にも伝えてほしい。ありがとう、と」

「承知しました」

「今宵(こよい)は祝いの席だ。我が子たちの幸せを共に祈るとしよう」

「えぇ」

カン、とグラスを軽く触れ合わせて二人の父親は、笑いあった。

◆◆◆

披露宴が終わり、アルヴィスは新しい宮——王太子宮へとやってきた。今宵からはここがアルヴィスの家となる。

用意された自室に足を踏み入れ、城内の自室と同じようにソファーへと腰を下ろす。初めて入った部屋だが落ち着く感じがするのは、元の部屋の雰囲気と似ているからだろう。華美なものを好まないアルヴィスに合わせて、侍女たちが手配してくれたようだ。

「アルヴィス様、お着替えをされませんと」

「あぁ、そうだな」

いつまでも正装でいては、休むこともできない。エドワルドに促されて再び立ち上がれば、ティレアら侍女が動く。侍女に手伝ってもらう形でマントと上着を脱いだ。それだけで随分と楽になる。

「湯あみをされますか？　それとも何かお召し上がりになりますか？」

「何か軽いものを頼めるか？」

「かしこまりました」

既に夕食の時間は過ぎている。披露宴でも食事は出ていたが、主役でもあったアルヴィスはゆっくりと食事を楽しむことは出来なかった。ただ、それも予想出来ていたこと。然程（さほど）時間もかからずにイースラが食事を持ってきてくれた。

「お待たせしました、アルヴィス様」

イースラがアルヴィスを呼ぶ時は、幼い頃から「アル様」だった。それがなくなっている。理由は一つしかない。アルヴィスが結婚したからだ。

以前から言われていたことだった。アルヴィスが伴侶を迎えた時は、呼び方を改めると。元々、舌足らずだったころに「アルヴィス」と呼べなかったことから始まった呼び名だ。家族では愛称として呼ばれているもの。使用人であるイースラがそれを許されていたのは、幼馴染（おさななじみ）だったから。呼び方一つで関係が変わるわけではないが、イースラにとっての一つのけじめなのだろう。アルヴィスもそれについては追及するつもりはなかった。

「ありがとう」

パンに具を挟んだサンドを用意してくれたようだ。これならば、ササッと食べられる。テーブルの上にある祝いの品の目録に目を通しながら、アルヴィスは食事を終わらせた。

「確認は明日だな」

流石(さすが)に王太子の結婚だ。国内外から祝いが贈られてきている。中身の確認をするだけで一日が終わりそうだった。溜息(ためいき)をつきながらも目録を手に取ろうとすると、横から奪われてしまう。チラリと見れば、犯人はエドワルドだった。

「エド？」

「アルヴィス様、明日は一日お休みです。お忘れではありませんよね？」

結婚式の翌日。明日はアルヴィスがする仕事はない、予定だ。もちろん把握している。だが、目録を確認することは仕事のうちではないと思うのだが、アルヴィスは一瞬ためらったのちに首肯する。

「……あぁ」

「これは、私がお預かりしておきます。明後日(あさって)にでもゆっくりと確認をお願いしますので」

部屋に置いておけばアルヴィスが確認作業をしかねないと踏んだのだろう。アルヴィスの性格上、放置しておくことなど出来ない。急ぎではないにしても、なるべく早めにと思ってしまう。エドワルドもそれがわかっている。だからアルヴィスの手元にないようにと、預かると言ったのだろう。見透かされている。ここはアルヴィスが引くべきだろう。

「わかった。明後日だな。今週中には返事を送れるようにしておきたい」

「承知しました。そのように準備しておきます。では失礼いたします」

「あぁ」

エドワルドが下がるのを見送って、アルヴィスは湯あみへと向かう。ここ一年ほどで世話をされることにも慣れたが、これだけは一人で行っていた。スッキリしたところでシャツを羽織り自室へ戻ると、ナリスから水の入ったグラスを渡される。

「助かる」

「いえいえ。今夜はもう休まれますか?」

「あぁ。エリナは、どうしている?」

疲れも感じてはいるものの、今夜からは違うことがある。それは寝室がこの部屋と、その奥の部屋で繋がっていることだ。奥の部屋は、エリナの私室。そのため、寝室には双方から行き来が出来るようになっている。

披露宴終盤、アルヴィスはエリナを先に下がらせた。だからアルヴィスよりも先に王太子宮へと戻ってきているはずだ。エリナの様子を確認するために聞いたのだが、尋ねられたナリスは困ったように笑っただけだった。

「ナリス？」

「いえ……アルヴィス様も緊張されているのだなと感じただけでございますよ」

「……」

緊張しているわけではない、しかし、少しだけ落ち着かないのは確かだ。

「ごゆっくりお休みくださいませ」

結局問いに答えることはなく、ナリスは頭を下げて部屋を出て行った。それに合わせるように侍女たちも下がっていく。アルヴィスは、頬を掻きながら寝室の扉を見つめた。

「……行くか」

意を決して扉を開けて中に入ると、薄暗い灯りの中で窓際に立つ女性の後ろ姿が見えた。エリナだろう。いつもは結わえている髪は下ろされていた。それだけで印象が随分と変わる。

「アルヴィス様？」

物音がしたからか、エリナがゆっくりとアルヴィスの方へと身体を向けた。今日は一日ドレス姿を見てきたが、今のエリナは薄いナイトドレスだけだ。その光景にアルヴィスは一瞬返事に詰まってしまった。

かく言うアルヴィスも薄手のシャツ一枚とズボンだけというラフな恰好である。

「あ、あぁ。待たせた、みたいだな。すまない」

「いえ、私もつい先ほどこちらに来たばかりですので」

「……」

「……」

アルヴィスは思わず首に手を当てる。ナリスに言われた通り、緊張しているようだ。それは相手がエリナだからなのだろう。

そっとエリナの傍に近づくと、アルヴィスは下ろされているエリナの髪の一房を優しく掴み、そのまま己の口元へ持ってきた。湯あみをしてきた所為か、仄かに香りが漂う。押し付けるようなものではない、優しい香りだった。

「アルヴィスさま？」

「いい香りだな」

「は、はい。ハーバラ様から頂いたものです。私も気に入っている香りなのですが……」

香りと言えば嫌な記憶が脳裏に浮かぶ。それは隣国の王女のことだけではない。学園在籍時にも、酷く強い香りを纏って近づいてくる女性がいた。好ましい相手ではないこともあったためか、あの時は不快に感じたものだ。

だが、エリナの香りに嫌悪感はない。それは彼女の雰囲気に合っているからなのかもしれない。人にはそれぞれ似合った香りがある。つまりはそういうことだ。

「エリナによく似合っている」

「そう言っていただけると、私も嬉しいです」

頬を染めて微笑むエリナ。アルヴィスはその頬に手を添えた。視線が合うと、アルヴィスはそのまま顔を寄せる。エリナが瞳を閉じるのを見て、アルヴィスはエリナの唇へと己のそれを重ねた。ゆっくりと離せば、先ほど以上に顔を真っ赤にしたエリナがいる。アルヴィスは思わず笑ってしまった。

「わ、笑わないでください」

「悪い」

公的な場では大人びた様子を見せるエリナだが、こうして二人でいる時に見せる表情は年相応のものだ。それだけアルヴィスに気を許している証拠なのだろう。それは、アルヴィスにも言えることだが。

アルヴィスは少ししゃがむと、エリナの膝裏に手をまわして身体を持ち上げる。俗に言う、お姫様抱っこという奴(やつ)だ。

「あの」

「？」

アルヴィスの行動に照れた様子を見せるエリナ。だが、顔を赤くしながらもそっとアルヴィスの胸に手を置き、顔を見上げた。

「……お慕いしています、アルヴィス様」

「エリナ……」

抱き上げたエリナをベッドの上に下ろし、目線を合わせた上でアルヴィスは口を開く。

「俺も……君が好きだ」

そうして二人の姿が重なった。

あとがき

皆様こんにちは。紫音です。この度は、「ルベリア王国物語3　～従弟の尻拭いをさせられる羽目になった～」をお手に取っていただき、誠にありがとうございます。

一巻、そして二巻。さらに今回の三巻と、ここまでお付き合いくださり本当に感謝の言葉しかありません。応援してくださっている皆様、本当にありがとうございます。

三巻は一つの区切りとなるお話でした。アルヴィスとエリナの結婚。ここが本作品の最初のゴールであり、ここまでお話を描くことが出来て私自身も嬉しく思っております。

今回も二巻に引き続いて、沢山加筆をさせていただきました。二巻で登場した帝国の皇太子の再登場と、アルヴィスの学生時代の友人であり平民のリヒトの初登場。それに伴って、少しだけ学生時代のアルヴィスを描くことも出来ました。二巻でも名前は登場していませんが存在だけは匂わせていたので、無事登場させることが出来て良かったです。

あとは個人的に気に入っているのはウォズですね。三巻では二巻のように危ないシーンはありませんので、どちらかというと癒しにはなると思いますが、ウォズがアルヴィスと一緒に寝るシーンは特にお気に入りです。挿絵も描いていただけて、本当に可愛いの一言です。ＷＥＢ版に登場していませんので、ウォズには書籍版でしっかりと皆様にも癒しをお届けしていただきたいと思っております。

そして恐らく皆様が期待していたと思いますが、エリナのウェディングドレスがお目見えです。結婚式は見たいシーンがたくさんありましたが、表紙も合わせて二枚描いていただきました。アルヴィスの正装もいいですが、エリナのドレス姿も素敵ですよね。何度も見返しています。キャラクターたちの衣装もそうですが、表情もとても素敵に描いてくださって、凪（なぎ）先生にはいつも感謝しております。

見所をお話ししているとキリがなさそうなので、この辺で……。全体的に話の流れに変化はありませんが、既存の読者の皆様にもＷＥＢ版との差異を楽しんでもらえたなら幸いです。

そしてそして、今回は三巻とコミックが同時発売となります。コミックガルドにて連載されているコミカライズ版ですが、私自身も毎回更新を楽しみにしております。特にエドワルドとアルヴィスのやり取りが個人的には気に入っています。他にもアルヴィスとエリナのデート回はニヤニヤしてしまいましたね。本当にワクワクが止まりません。丁寧にルベリアの世界を描いてくださっている螢子（けいこ）先生、本当にありがとうございます。

改めまして、ここでお世話になった皆様に謝辞を。

引き続き書籍版のイラストを担当してくださった凪かすみ先生、コミカライズ版を担当してくださっている螢子先生。そして担当編集者Ｈ様をはじめ、出版に関わってくださった全ての皆様、本当にありがとうございました。

今後の皆様のご多幸をお祈り申し上げます。

紫音

次巻予告

ゆっくりと想いを育み、
ついに結ばれた
アルヴィスとエリナ。

新婚の二人が訪れたのは、
にぎやかな交易都市
リュングベル――。

そこで出会った青年と
アルヴィスの因縁が、
二人の新たな
障害となる。

ルベリア王国物語

～従弟の尻拭いをさせられる羽目になった～

2022年春発売予定

作品のご感想、
ファンレターを
お待ちしています

あて先

〒141-0031　東京都品川区西五反田 8-1-5 五反田光和ビル4階
オーバーラップ編集部
「紫音」先生係／「凪かすみ」先生係

スマホ、PCからWEBアンケートにご協力ください

アンケートにご協力いただいた方には、下記スペシャルコンテンツをプレゼントします。
★本書イラストの「無料壁紙」　★毎月10名様に抽選で「図書カード（1000円分）」

公式HPもしくは左記の二次元バーコードまたはURLよりアクセスしてください。
▶ **https://over-lap.co.jp/865549874**
※スマートフォンとPCからのアクセスにのみ対応しております。
※サイトへのアクセスや登録時に発生する通信費等はご負担ください。

オーバーラップノベルスｆ公式HP ▶ **https://over-lap.co.jp/lnv/**

ルベリア王国物語 3
～従弟の尻拭いをさせられる羽目になった～

発行　2021年8月25日　初版第一刷発行

著者　紫音

イラスト　凪かすみ

発行者　永田勝治

発行所　株式会社オーバーラップ
〒141-0031
東京都品川区西五反田 8-1-5

校正・DTP　株式会社鷗来堂

印刷・製本　大日本印刷株式会社

ISBN 978-4-86554-987-4 C0093

【オーバーラップ　カスタマーサポート】
電話　03-6219-0850
受付時間　10時～18時（土日祝日をのぞく）